路过往昔

王树理◎著

中国文史出版社

图书在版编目（CIP）数据

路过往昔 / 王树理著 . -- 北京：中国文史出版社，
2024.1

（政协委员文库；1）

ISBN 978-7-5205-4529-7

Ⅰ . ①路… Ⅱ . ①王… Ⅲ . ①散文集—中国—当代
Ⅳ . ① I267

中国国家版本馆 CIP 数据核字（2023）第 244661 号

责任编辑：张春霞

出版发行：中国文史出版社

社　　址：北京市海淀区西八里庄路 69 号院　邮编：100142

电　　话：010-81136606　81136602　81136603（发行部）

传　　真：010-81136655

印　　装：北京新华印刷有限公司

经　　销：全国新华书店

开　　本：787mm×1092mm　1/16

印　　张：17.25

字　　数：183 千字

版　　次：2024 年 5 月第 1 版

印　　次：2024 年 5 月第 1 次印刷

定　　价：58.00 元

目 录

第一辑

何以慰乡愁

故乡烟火气

一

进了腊月二十的门，就有鞭炮声稀稀落落响起。小年这天，骑着高头大马的三爷爷从口外回来了。临近村口的时候，他把手里的缰绳牵住，打眼朝村子里望去：有袅袅炊烟从高低不平的烟囱里飘落，一个老汉正把挂在墙壁上晾晒的羊皮取下来；隔壁院子的大嫂正拿着扫帚打扫庭院；结了冰的水塘里，顽皮的孩子正在玩"骑马打仗"的游戏……腊月二十三，洒扫庭除的日子，我总算赶回来了：故乡的年味儿真好，空气里飘浮的全是过年的香气……

这是六十年前父亲给我讲述在口外做皮货生意的三爷爷回老家过年时的一组镜头，它留给我的印象太深了：原来，人们过日子是需要烟火气的。烟火气是什么？——烟火气是家人团座、岁月静好，是国泰民安、五谷丰登，是黎明即起、洒扫庭除，也是娃娃们嬉戏玩耍、追逐打闹、鸣鞭放炮的即兴表演。有了烟火气，人的灵魂就有了归宿，纵然是常年漂泊在外，哪怕是在广袤无垠的草原上，只要有自己的亲人，有连片的帐篷，有掠过晴空的鸽哨，有娃娃的啼哭甚至狗儿的狂吠，都让人觉得并不孤独。

故乡黄河入海口的地方，原本就是一片广袤无垠的海滩地，先人们从遥远的他乡迁居于此，在这人迹罕至的地方安了家、立了村，烟火气便成了干打垒土坯房的一个重要组成部分，人们用自己生活的细节打磨着岁月，擦拭着年轮，构成了一种温暖、一种厚爱、一种递延生活的生生不息，繁衍着子孙后代，传承着勤劳朴实，演绎着忠厚传家。当然，更能体现烟火气本质的，是一辈又一辈人的自强不息和宁折不弯。于是，氤氲在村子里的烟火气，包括灶地"煮海为盐"的烟柱和放火烧荒的明火，全都成了人们生活版图上的坐标，成了人们支撑日子的梁柱，也成了流淌在岁月溪流里的投影。

斗转星移，白驹过隙。烟火气的根本不变，其表现形态和人们的感受却大相径庭。从记事儿到古稀，穿行在黄河下游被烟火味熏烤着的平原上，边跋涉边咀嚼，一幕幕、一组组，推拉摇移着时代变迁，引导着窖藏过的沉香墨露散发出开坛后的那种耐人寻味的芳香。最容易让我把眼前境况和儿时记忆连接在一起的，当然是矗立在原野上的那些风力发电机组。每每看到那些发电机组在三级以上的风力推动下不停地运转，我就想起儿时那个顽皮的自己，哭着喊着让父亲给自己做一个风呼噜车，拿在手里顶着风在阳光下奔跑。如今，风车长大了，每一根电杆都是彪形大汉，傲岸在故乡的风场。就是这酷似拳击手泰森模样的家伙，却给千家万户送来了温暖与光明。这是多么耐人寻味的乡土气息啊！与这风力发电机组结伴联手的，还有不少农户房顶铺设的那些光伏发电的采光板，也是一道博人眼球的风景。在村头的高岗上举目一望，凡是铺上采光板的房顶，在阳光的照耀下，全都亮晶晶闪着耀眼的光，像神话传说中的水晶宫。和大家聊起来才知道，农家的房顶每铺设一块采光板，政府每年补贴80元。堂弟家铺设了64块，每年就可以拿到5000多元的补贴，全家的用电缴费也有了保障。这真是一件利国利民的大好事。与我们小时候靠煤油灯和点蓖麻子油照明形成了鲜明对比。

上中学那会儿，为了完成作业，用墨水瓶制作一盏煤油灯。提心吊胆地把灯头调得像个萤火虫。第二天早上对着镜子一看，自己还是被熏得乌眉皂眼，抠抠鼻孔、吐口唾沫都是黑的。一言难尽的乡愁，是幻影，也是真实。故乡的烟火气，就像一颗回味无穷的水蜜桃，让人一想就舌底生津，甜透心房。

二

故乡烟火气也是一个不断提纯复壮的过程。少年时代，我们在冬季冷落下来的打谷场上玩"转魔圈"的游戏，一边玩得天旋地转，一边口中念念有词："天也转，地也转，货郎鼓子卖洋线；天也走，地也走，货郎鼓子卖洋油……"作为新中国成立不久的农村，文化生活本来就极其贫乏，对于我们这些不懂事的小孩，自然只能唱那些老掉牙的儿歌，来填补自己的天性。70年的光景过去了，烟火气的灯芯早已被灯头朝下的灯火通明所代替。乡村已不再封闭，曾经在日落之后死一般沉寂的农村，如今也是灯火通明，跳街舞的、打羽毛球的、撸串喝啤酒的……应有尽有。更有一帮娃娃，不知是受了航天员授课的影响，还是看新版《十万个为什么》入了迷，拿着望远镜，朝着星空比比画画，好像在评论中国的空间站在哪个位置。我想，旧时那个"洋线""洋油""洋火"的歌谣，不会再有人提起。如果按捺不住激动的心情，非要哼上几句，那也应当是："天也转，地也转，星海里有咱中国卫星空间站""天也走，地也走，我给航天员招招手"！

我们老家的老粗布，也是烟火味极强的一道风景。

对于我来说，对纯棉老粗布有着一种特别的情感。年轻人听了这话，可能认为这个老头子有点装模作样，都年逾古稀了，还赶什么时髦？——的确，时下的年轻人当中，有相当一部分人喜欢穿纯棉衣服，而且把这当成一种时尚和富有。但是，他们不了解我。穿粗布衣服、用粗布铺盖对于我，不仅仅是一种时尚，而更是一种掺杂了敬重土地、敬重先人、敬重父老乡亲的情感，一种割舍不下的恋土情结和平民意识。粗布这种东西，黄道婆出现之前什么样，详细情况说不来，只知道中国是世界上最早生产纺织品的国家之一。早在原始社会，人们就已经采集野生的葛、麻、蚕丝等，并且利用猎获的鸟兽毛羽，搓、绩、编、织成粗陋的衣服，以取代蔽体的草叶和兽皮。原始社会后期，随着农业、牧业的发展，逐步学会了种麻索缕、养羊取毛和育蚕抽丝等人工生产纺织原料的方法，并且利用了较多的工具。有的工具是由若干零件组成，有的则是一个零件有几种用途，使纺织业的劳动生产率有了较大的提高，并且能生产带花纹的纺织品，还有的专门生产花纹。如我们老家的"鲁锦"，就是专门的花纹图案。但是，尽管如此，却很难实现大规模的社会化生产，所有工具都由人手直接赋予动作，这种原始手工纺织，只能是一种低效率下的粗放型生产，距离人们对纺织制品的需求还有很大差距。黄道婆的贡献，恐怕主要是创造了先进的织布技术，教人们学会了使用先进的纺织工具纺棉织布，因而受到百姓的敬仰，被尊为织布业的始祖。她的主要贡献大体上是：倡导种棉，教人纺棉，推广搅车、弹棉弓、纺车等器具，传授"错纱配色"等技术。而正是这些技术的推广，也给我的家乡带来了机遇，使其从此走上了"棉花之乡""粗布之乡"的路子。听老人们讲，我老家山东省商河县，从宋元时期就是一个产棉区，黄道婆发明的织布技术推广之后，商河就沾了很大的光。那时候，男耕女织的社会分工，最先在棉区实行，用木质纺车和木质织布机加工棉织品，就成为一种时尚，并逐步形成了家家织老粗布的习惯。庄户人家过日子，如果家里没有纺车、织布机，就会被人耻笑，还有的大户人家，专门上了轧花机，加工棉花。明清时代和民国时期，甚至形成了约定俗成的女子14岁纺线、16岁织布的规矩。每人每年能纺线穗子上千个、织布五百尺。尤其是家有待字闺中的女子，更是马不停蹄地忙活织布。一来给自己备嫁妆，二来把纺织的活计做好，让婆家人一看，就知是有教养人家的女儿。每家每户姑娘出嫁，家里都带上多则40床，少则20床的被褥当"缘房"，摆在新房里，引来众多人观看。一对新人才能用多少铺盖啊，主要就是让人们欣赏，是一种教女有方的无声告白：看看我们的女儿，是个过日子的好手！然而，就是这种技艺，也有"世异则事异，事异则备变"的折腾。新潮来了，人们都喜欢穿"洋布"，土改分得了土地，年轻人都不愿再穿"粗布"，而乐意穿个斜纹四兜中山装，上衣右侧兜兜里插一支"英雄"牌钢笔，不再乐于力田，"家里喂着杠子牛，不如留个分发头"。不过，这样的游手好闲之辈，终究也是少数。经过几十年的掂量，20世纪80年代初，发棉花财成了黄河下游入海口甚至包括长期吃国家统销粮的菏泽、聊城、德州、滨州、东营地区的共同行动。"鲁棉1号"品种使百姓腰包鼓了，穿棉布的群体又开始增加。女儿家陪嫁的嫁妆虽然没有那么多了，但是至少也得十铺十盖。女儿出嫁的前一天，装上汽车，扎上彩绸，到婆家去送"缘房"。这"缘房"可不是小事，这可是以棉纺织品为媒喜结良缘的证据呀！在这充满烟火味的日子里，老粗布又吃香了。

商河老粗布制作工艺有传统特色，木制纺车、木制布机，每家每户都有一套，工艺虽原始简陋，却步骤严格：选棉花、轧棉花、搓布绩、纺线、染线、络线、牵机、织布等14道工序。粗布的花样繁多，大都有十余种设计花样，具有鲜明特色，主要有翻花、雪花、雏鸡花、野鸡铃等十余种花样，根据设计要求可织出所需要的花样，老粗布质地柔软、舒适感强、古朴典雅，备受青睐。商河老粗布曾远销周边县市区，深受欢迎，二十多年前，一个农民带着一床老粗布床单外出打工，被外地老板看中，花高价买下。以此为商机，商河老粗布逐步打入了北京、新疆等外地市场，目前商河老粗布这一传统民间工艺正以崭新的面貌进入人们的消费领域。

改革开放初期，商河县父老乡亲发了棉花财，成为全省皮棉过百万石的产棉大县。那几年可把村子里的姑娘媳妇们乐坏了，停了几年的老粗布纺织业又成了香饽饽。户户机杼声，家家卖粗布，加上不断引进新技术，生产的品种越来越多，其中提花"鲁锦"还上了广交会，出口到国外，粗布睡衣成了热销货。我和妻子都是那个年代过来的故乡人，自然喜欢这东西。所以，迄今为止，脚上蹬的粗布鞋，家里穿的粗布内衣，为数不多的公共场合需要换换衣服，只要不要求穿西装，一般也是穿一身粗布唐装。穿好上衣，对着镜子梅花扣一系，嘿，满不错的中国气派哟。不管别人眼里是土气还是丑陋，都不能改变我喜欢老粗布的习惯。我觉得，这是烟火气沉淀在骨子里的一种基因。

三

老家屋檐下的那根扁担"退休"了，我心里挺不是滋味儿。

从刚记事儿起，我就学会了"小扁担，三尺三，姐妹们挑上不换肩……"为了把歌里的词变成自己行动的写照，我从9岁就学着挑水，除了担子两头钩子上的水桶小一点，扁担和大人用的一样。更重要的是，我挑的水桶虽然不大，可每次不管往返多少趟，总要把家里的水缸挑满，有时候还要捎带着把大姨家的水缸也挑满。村里的大人们都夸奖我懂事、能干，其实我是喜欢扁担，所以不觉得累。

就这样，扁担伴我从少年走到中年，其间不管走到哪里，只要有需要挑担子的事，我都抢着挑扁担。上中学时在学校农场是挑粪能手，在部队支农是劳动模范，上大学是劳动标兵，到机关也是个爱抢着干活的人。记得有一年夏天，在河北省涉县一个叫神头的村子，为了给贫瘠的山坡地追肥，我一天挑着担子从山下到山坡往返了 42 趟，肩膀被压得又红又肿，乡亲们劝我休息几天，可我第二天照常出工送肥上山。

20 世纪 90 年代初期，我在一个群众吃水困难的县担任领导，看到群众为了吃上甜水要起早贪黑到很远的地方去挑水，心情很沉重：这样的担子本应当由县委、县政府集体承担，而不应让大批群众长年累月地把力气耗在挑水上。于是，县里决定兴修水利。经过一年多的现代化、机械化施工，终于修好了一座中型平原水库，在全县实现了户户通自来水，让群众放下了肩上的扁担。高兴之余，我也意识到，社会进步了、时代发展了，这伴随着传统农业而兴盛了上千年的扁担迟早有一天是要"退休"的。

后来，挑担子的人越来越少了。有一年春节我回老家，看到在屋檐下被挂起来的扁担，就摘下来擦擦，想找点活儿干。老嫂子说，现在哪里还有用扁担的活儿呀。我对几个弟弟说，如今这个家什儿用处不大了，可是咱们不能忘记来时的路。有时间还是要摸摸它，干一点象征性的活计，让自己知道肩膀是做什么用的，这样，我们才能懂得重担下当有铁肩担道义，困难中当有奋勇挑重担。

今年秋上，我再次回到故乡，眼见那根挂在屋檐下的扁担已经有些干裂，不能再用来担担子了。一个侄子说，这种物件当下已经整体"退休"了，你看现在庄稼地里的活儿，哪里还用得上扁担呀。是啊，现如今即使在最偏僻的农村，也没有多少肩挑人扛的活计了，扁担真的用处不大了，就连在屋顶晒粮食，也都有轻便的升降机，没有多少力气活儿了。

我把屋檐下的扁担拿在手里，擦拭干净，涂抹了桐油，重新挂起来。我想，扁担可以"退休"，但人的思想不能退休，留下标本，让后来人记住传承，记住现代化的今天是从昨天走过来的，记住在继往开来的旅途中，我们还需要保留传统农业积累的优点和长处。

走过往昔，许多事情很像旷野上升起的炊烟，在微风的吹动下渐渐淡去。但是，它留下的记忆，却越来越清晰。飘扬着、皴晕着，变成一根永远剪不断的绳，让你永远在故乡的烟火气里穿行……

渐行渐远的夯工号子

　　过去农村盖房搭屋，最重要的是夯实地基。如今夯实地基，都有专门设备，如电夯、空气锤、履带式镇压机械等。但是，50年前的广大农村，却不是这样。那个时候，谁家盖房搭屋，本来是一家人的事，可是只要一开工，就成了全村人的事。尤其是盖屋时打夯这个环节，从来没有人家招呼或者通知别人来帮忙的，而是只要有村民知道谁家盖房的信息，就等于通知了全村。夯歌一起，青年人就像听到集结号，颠颠地跑到需要帮工的家里。两三盏马灯，两三盘石夯。石夯有圆有方，上小下大，上百公斤重。上部有凹槽，用于固定木杠和木柄，方便抬夯。乡村傍晚，炊烟笼罩，薄雾蒙蒙，村子一片沉寂，帮工的人们一到工地，和东家打个招呼或者点根卷烟，随即投入打夯。那石夯也有这意思：一根四五尺长对把粗的木杠横向固定在石夯顶部的凹槽里，四根木柄呈八字形分别固定在大杠两侧，据说"共"字的甲骨文来源于夯的形状，可见打夯是项多人共同完成的劳动。打夯是力气活，六人一班，两人抬大杠，双手抓杠，不仅抬夯，还负责夯的走位，需有经验的人担当。四人执木柄，单手用力，累了可以倒手。随着喊号人的一声号令，夯歌即起：

"一女贤良是孟姜哟，唉……嗨……

二郎担山赶太阳哟，唉……嗨……

三人同行有我师哟，唉……嗨……

四人四马大投唐哟，唉……嗨……

伍员打马过昭关哟，唉……嗨……

镇守边关杨六郎哟，唉……嗨……"

一句号子，一声应和，抬夯人"唉"的一声拖着长腔把夯托向高处，又"嗨"的一声顺势回带，给石夯一个向下加速度，使夯重重落下。石夯在浅浅的地基坑道上行进。除了传统号子，喊号人也临场发挥：

"一夯接一夯哟，唉……嗨……

夯夯要砸平哟，唉……嗨……

这夯砸得好哟，唉……嗨……

还差十来夯哟，唉……嗨……

……"

喊号人站在高处，旁观者清，有时提醒大家：

"前面要拐弯哟，唉……嗨……

大家看脚尖哟，唉……嗨……

……”

有时又诙谐幽默：

"二哥加劲干哟，唉……嗨……

二嫂来观战哟，唉……嗨……

……”

随着生产方式的改变，打夯成为历史，夯工号子也已经渐行渐远，吼号子的人也大都作古。但是，夯工号子作为农耕文明的一种伴生艺术，还深深地印在脑海。打夯的号子穿越时空，时常在脑海里闪现。我们村子里，夯歌吼得最好的，是王宗平和王树和。前者没念过多少书，夯歌却吼得漂亮，粗犷豪放；后者高中毕业，是一位小学教师，说话文绉绉的，唱词也有讲究。

"小伙子们哟，唉……嗨……

高高地抬哟，唉……嗨……

狠狠地砸哟，唉……嗨……

盖好了房子咳……娶媳妇嗨……

生胖娃哎……咳……”

这些激动人心的场面和体现着自然经济的夯工号子，生动形象地再现了60年前我国农村社会的精神风貌，给人以人与自然和谐相处的感觉，同时又升腾着向往美好生活的意念。如今能记得起夯歌和夯工号子的人已经为数不多，每每想起，心底都会泛起涟漪。夜深人静抑或白天孩子们上班走了的时候，我还压低嗓门偷偷地哼两嗓子，让孙子辈的人看了，还以为爷爷犯了神经病呢。孩子们哪里知道，人老了，乡愁是一曲夯歌，有空调的楼房在身边，忘不了的夯歌在远处……

（原载于《人民政协报》2024 年 3 月 23 日）

何以慰乡愁

春节回到故乡，心心念念的就是感受乡愁——想接受一下晚辈的叩首，想捧一捧除夕之夜的酒盏，想燃一挂迎春的鞭炮……然而，世异则事异，事异则备变。拜年的方式变成了发送手机短信，迎春的鞭炮须到村外的空旷场地燃放，虽有过年的美酒，我却因上了岁数而有心无力。

说起时下的乡村，让人眼花缭乱的街景与城市已相差无几：什么美容店、台球室、棋牌室、练歌房，可谓应有尽有。至于家家户户或国产或进口的小轿车，更是将村口的道路挤得密密匝匝、排队行动。有人半开玩笑半认真地说：现在农村的交通秩序，就缺交警和红绿灯了。话虽是玩笑话，却引起了我的思考：随着社会的进步、人民生活水平的提高，未来农村的规范化管理必将成为乡村振兴的重要内容。

生活越来越新，何以慰乡愁？在我看来，新的生活节奏像是在传统与现代之间横亘了一堵拦河坝，虽然在不断缔造着新的活力，但也在消磨着许多久已有之的约定俗成。我们这把年纪的人心中的乡愁，正在追逐着新潮的背影渐行渐远，而随着时尚成长起来的新习俗，正如雨后春笋般破土而出，改变着人们的生活和观念。

节日里，长辈们辛辛苦苦包下饺子，儿孙们一句"太腻"或者"平时吃得太多"，然后坐上汽车，油门一踩，便停在了火锅城门口；老人们从大棚里采摘了新鲜果蔬，想让孩子们喝杯热茶聊聊天，可街上的各种娱乐活动似乎更吸引他们的目光……凡此种种，总让人有一种乡愁已经走远的怅惘。

其实，乡愁的根基厚实得很，所有的新潮都是在传统的沃土上成长起来的新苗。在新生事物面前，传统似乎显得有些步履蹒跚，但当人们静下心来细细挖掘，却发现它内在的品质是那么美丽端庄、耐人寻味。比如，流传于我家乡的鼓子秧歌，虽然从遥远的古代走来，可以说是最早的集体乡愁或者"群众文化"的集中载体。但在当下，它不仅从来没有走远，而且越来越贴近人们的生活。

我曾和商河县的一位企业家谈及此事，他兴致勃勃地告诉我，这些年，承办和接纳鼓子秧歌演出，已经成为企业发展的一项重要内容，甚至被写入每年的工作计划。可见，扭秧歌那生龙活虎的场面，不仅能给人们带来快乐与兴奋，还能让许多人品味生活的情趣。从这个角度讲，乡愁更像一坛陈年老酒，一开坛，便香气扑鼻、沁人心脾，氤氲在男儿踏歌、女子起舞的欢快舞步中。

这个春节里，我在一支以豪迈奔放为特色的秧歌队伍里，见到了一位大学生。当我问他为什么要参加秧歌队时，他告诉我，自己不久前参加了春季征兵，已经通过了初步的体检和政审，一个月之后便将穿上军装奔赴军营。为了不忘乡愁，记住家乡人民的重托，便一定要参加一次春节鼓子秧歌的表演。因为家乡的秧歌会让他将生命的根深深扎进故乡的肥田沃土，让他永远做一名忠于党、忠于祖国、忠于人民的战士。听着这位年轻人的回答，我内心深处不禁泛起波澜，回想自己56年之前参军入伍时的情景，不也是如此这般吗？

原来，融入家乡的民俗风情，便足以慰乡愁。踏着鼓子秧歌的旋律，我突然悟出：乡愁，就是丰富多彩的新生活，是欢喜雀跃的鼓点儿，是人们对新生活的渴望，是对文明传统的升华与提高。伴着乡愁走，我收获了大千世界无奇不有的馈赠；奔着乡愁来，我吮吸着原野上清新的空气，为生命的弹夹来一次全号装填，如果祖国需要我，我生命的弹道将射出火热的光。

（原载于《人民政协报》2024年2月26日）

我曾经脱坯、盖房

1974 年 1 月，我从部队复员回到了阔别 6 年的老家。荣归故里的新鲜感过去后，我被留在县委宣传部新闻报道组工作。

做新闻报道工作可以经常回家。有一天，我从县城回来，突然发现父亲、母亲做饭时，对我格外加了心意：哥哥嫂子和还在念初中的弟弟吃的都是红薯面做的"胶皮窝头"，给我吃的却是玉米面做的金黄窝头。这怎么行！我当兵就是为了让父老乡亲有好日子过，怎么自己一家人吃饭还给我搞特殊？不由分说，我抢过黑得像胶皮似的地瓜面窝头，大口大口吃了起来。

为了尽快适应农村生活，同时不让家人再为我"搞特殊"，第二天，我便背上粪筐，像模像样地下地干活儿了。那个时候，农村盖的都是土坯房，开春之后，许多人家都急着盖房搭屋。和大家聊起来才知道，春天是盖房的大好时机，雨水少，脱坯易干。我和父亲说起这件事，父亲说："咱也该推土脱坯了，你都23 岁了，也该盖房了，到秋天给你把婚事办了。"我理解老人的心情，于是推起手推车，每天起早先推几车土，只用了 3 天，就推够了脱坯用的土。

脱坯盖房这活计，在庄户人家心里有着特殊位置。它就像燕子衔草垒窝，只有把窝垒好，有了安身立命的资本，才能娶妻生子，赓续家业。一个半月之后，天气开始转暖，有些要脱坯的人家已经开始"泅池窝"——就是将准备好的黄土从中间挖一个坑，先不断用水浸泡，待其里里外外都浸润得差不多的时候，撒上麦秸，然后赤着脚反复踩踏，还要用镢头将土搅拌得不稀不稠、均匀适中，就可以开始脱坯了。

太阳快落山时，我把挂在屋檐下的坯模取下来，拴一根长绳泡在井里。这个制坯模具是我当兵之前拆西厢房时，用那架老榆木房梁的木板做成的。脱坯前放在水里浸泡一下，用起来滑膛、不粘泥。我把晾晒土坯的场地打扫了一下，喷了一遍水，放好模具开始脱坯。两个弟弟抬着泥兜子，往我掌控下的模具里倒放，我不停地用泥板将其抹得平平整整，有棱有角，然后用犁锥子从模具内框划一周，提起模具，一个1尺半长、7寸宽、4寸厚的土坯就算完成了。

随后，一个接一个的土坯被整齐脱出，像排列整齐的仪仗队。父亲看我累得直不起腰，让我歇会儿，我又坚持脱到整100个才休息喝茶。在一旁帮工的人都说：这小子真不愧是当过兵的人，出去这么多年还能脱坯，不赖。听着乡亲们的夸奖，我心里甜滋滋的，想着没给咱解放军丢人。

这段从脱坯到盖房的经历，让我很快重新适应了农村生活，也得到了父老乡亲们的肯定。后来有机会推荐上大学，我获得了全公社唯一的名额参加了当年的考试，并被录取到曲阜师范学院中文系汉语言文学专业深造。入学前的一段时间，我仍然没事就找队长继续要活干，村干部让我跟着两位"高手"学习开"195"马力抽水机。也就是那段时间，我又掌握了不少劳动技能。

如今再回首过往，故乡的土坯房给我留下了太多深刻的印象，它很简陋，砖做牮，坯垒墙，门窗窄小，用毛头纸糊的窗户，很容易让人想起原野上孤零零的小屋。但这种用土坯垒墙的屋子，冬暖夏凉，保温效果很好。我在塞外高原大雪纷飞的暗夜进行夜间训练时，总是想起老家土屋里的土炕，烧得暖和温馨。而一想到这些，身上就觉得增添了热量。故乡的土屋养育了故乡的人，让我们一代又一代的年轻人从偏僻的乡村走向大千世界的角角落落。

如今，经过几十年的持续奋斗，农村的面貌早已发生了翻天覆地的变化。鳞次栉比的小楼和瓦房，成了村民居住的基本保障。当年我亲手盖起来的小屋，也被改造成了一处供乡亲们读书学习的公益书屋。每当看到孩子们来书屋学习，我就有说不出的高兴。

土屋没有了，但我依旧怀念它。因为如果没有它，就没有我"穷则思变"的大胆设想；而由它"变身"的书屋，也让我有了为乡村振兴助一臂之力的阵地。

（原载于《人民政协报》2024 年 2 月 5 日）

老槐树的思念

老槐树究竟是哪一年没有的？村里几乎没有人能说得清。只有老得有些糊涂的萨利兄弟告诉我，老槐树被伐掉的头一天，是个雷雨交加的天象。大雨过后，老槐树右面的一枝侧主干被击落了，于是生产队长就让社员把这根被劈下来的侧主干弄到队里的饲养棚去了。

事情不算大，但也不算小。要知道，老槐树可是这个有着4000多人口村落的地标呀。没有人能说得出这棵老槐树的来历，人们只知道老槐树是棵摸不清楚底细的"神树"，它以自己的傲岸挺拔，陪伴了一辈又一辈的村人。大凡离家的人，归来之日首先想到的就是老槐树。1968年我参军离开故乡时，村里老少爷们儿都集合在老槐树下欢送。村支部书记董树青说："要出远门了，再亲近一次老槐树吧。"那一刻，我们三个入伍的新兵，手牵着手，硬是没有把树干搂过来。只得又上来一个儿时的伙伴儿，才牵起了老槐树的腰围。

大概又过了八九年，我回到故乡，不光老槐树不见了，整个村子的街道也大变了模样。老槐树身边那个雨季行洪的水簸箕没有了，它下游的三个水塘也全变成了开阔的平地，村子里已经规划了新的住宅小区。村子的路面也早就硬化了，横平竖直，方方正正。村子里的排水系统由过去的自东向西走水，变成村子北面新建的一座小型水库，村南直通340国道的排水沟。而且，村子里路面硬化的时候，下水道等供排水系统统一进行了完善配套，就算赶上阴雨天，村子里的路面也干净无积水，再也没有过去泥一脚、水一脚的情况了，行路难、农产品出村难的问题得到彻底解决。

村子变得整洁而又漂亮，人们的心气儿也越来越高，差不多家家门口都种树。树的品种除了石榴、核桃、山楂、杏子等果树之外，最多的还是槐树。如今种槐树，也和过去不一样，有国槐、龙爪槐、金枝槐、金叶槐、香花槐，还有经过嫁接每年都能开出紫花或者粉色花朵的刺槐。真不知道，乡亲们是因为怀念那棵已经作古的老槐树呢，还是因为槐树冠大遮阴，便于乘凉？

和乡亲们聊起来，他们给出的答案是，一是槐树的枝干挺拔，花朵具有观赏以及食用价值，有着吉祥的象征。二是槐树的枝叶繁茂，叶片就像金币一样，将其栽种在家中，有着富贵的意思。三是槐树的叶片呈现绿色，给人一种生机盎然和蓬勃向上的感觉，尤其是国槐，不仅生性泼辣，而且生长发育快、寿命长。四是槐树的槐米是重要的中药材，可以帮助人们防病治病。人生如果能像槐树一样，蓬蓬勃勃地生长在自己的土地上，该是一件多么快意的事情！

听着乡亲们的介绍，我内心深处又泛起了对那棵老槐树的怀念，再三打听，才知道原来那棵大树遭到雷劈之后，长势受到影响，村干部们经过研究，最终决定把它伐了，将树干锯成若干块木板，用做修河工地上的垫板。听到这里，我不禁想，这也算是前人栽树后人乘凉吧！

　　我们这辈人，是在浓绿的槐荫树下长大的。如今，村里各种各样的槐树不少，如果这些槐树还能像老槐树一样，我们在子孙后代面前，也算是"前人"了。记住先人的古训吧：前人栽树后人乘凉，为了国家，为了子孙后代，让我们常怀植树之心，多做善事好事，多栽植树木，让生命之树常青。

（原载于《人民政协报》2023 年 12 月 18 日）

书　路

爷爷老了，人却不糊涂。小雪那天，老人去地里转了一圈，回到家后非让奶奶把几个孙子叫来。

那天，正好是个双休日，孩子们蹦跳着来到爷爷身旁。老人像在山林中行走着突然间发现了几棵灵芝草一样，望着几个孙子，看哪个都觉得好看，看哪个都盼着有出息。几个孙子像顽皮的小猴子，围在爷爷身旁。爷爷看着他们心里高兴，拍拍这个的头，摸摸那个的脸。突然冷不丁冒出一句："你们在学校里学习怎么样，都考了多少分啊？"孩子们争先恐后地报着自己的成绩，这个说自己各科都是100分，那个说自己的作文被语文老师表扬了，还在班上当作范文念了一遍，然后又让班里网络能手录下来，发到全校的学习微信群里。听到孩子们的表扬与自我表扬，老人打心眼里高兴。

孩子都是好孩子，可也都有一个共同的缺点：大都乐于谈好的一面。即使是班级里学习最差的，你问他成绩，也总是一句"还可以吧"。没有哪个孩子说自己不行。对此，老人有自己的想法。

老人懂得孩子们的自尊心，就对他们说："你们学习都好，我心里高兴。可是，光有书本知识还不行，还得学了会用。读书就是走路，按照书本上教的，把路走正了，成为对社会、对国家有用的人才，那才叫走对了路。读书这条路，跟登山一个样，得稳住心性，一步一个脚印，不怕吃苦，不怕困难，才能登到最高处，才能站得高看得远。再说，登山肯定会有高崖下坡，心里有个准备，就没有克服不了的困难。"

见孩子们似懂非懂地点头，老人又说："你们如今的学习条件多好啊。作为新时代的少年儿童，国家把你们当成宝贝培养，冬天有暖气、夏天有冷风，教室窗明几净，宿舍四季如春，教学更是电气化、网络化。要知道，这些在俺们年轻的时候，是想都不敢想啊。所以，我不放心的就是，眼下这读书的路啊，太宽敞、太平稳，连脚底板磨个泡的机会都没有。你们得自己学点做人的本事，手上没有茧子，肩膀头子不硬实不行。"

爷爷的话，有的孩子听得认真，记在心里了，有的仍有些懵懂，尽管不停地点头，但不一定消化得了。但是，对于读书是人生的路这个话题都记住了。至于这路究竟该怎么走，孩子们还得细细琢磨。最后，老人告诉孩子们，10年之后看光景吧。那些脚踏实地在山路上行走的人，一定是登山队伍里的佼佼者。

我也认同爷爷的话。现在有这么好的社会环境、家庭环境，这么好的接受教育的条件，孩子们差不了。书路，书路，认真读书路就会越来越宽。在读书的大路上，新一代娃娃们肯定会成长得越来越茁壮、越来越有出息。

（原载于《人民政协报》2023 年 12 月 11 日）

沙窝今昔

沙窝没有了，沙丘也没有了。

沿着宽阔的柏油公路，身旁不时有汽车飞过，道路两旁的麦田鲜活而又舒展，像一幅硕大无朋的油画。沙丘哪儿去了呢？当年矗立在六股道中心的石碑楼子怎么不见了呢？

这片曾经被称为沙窝的所在，是故乡山东商河"七十二大洼"之一。故乡的镇子至今仍叫"沙河镇"，是远近前来旅游观光的人们的打卡地。而在我尘封已久的记忆里，沙窝却不是这样的。

在我刚记事的年纪，就常听老人们讲，村南原来并没有大沙河，有的只是村北的那条沟盘河。清朝中期，黄河多次决堤，引发下游诸多内河相继成灾，我们村子北面的沟盘河也因此成了一片汪洋。此后，沉积下来的沙质土壤越来越厚，肆虐的狂风便在这片地势低洼的平原上塑起一个个沙丘。改道的沟盘河也从村北绕到村南，且再也没人想起它的"乳名"沟盘河，而是顺势被"改名"成了大沙河。

虽然土地沙化严重，可清朝的苛捐杂税却有增无减。走投无路的百姓只得拿着写好的状纸，豁出性命进京告御状。可在那个年代，要想把御状递上去，据说需得走过烧红的十八盘铁鏊子才行。虽然千难万难，但小胡村的铁世杰真的应允了这个残酷的条件。他忍着脚底的炙烤，硬是走过了铁鏊子，把状纸递了上去。

我在查阅《清史录》时，看到了关于这个案件的资料：铁世杰告御状 3 个月后，刑部在报给嘉庆皇帝的奏折中称："沟盘河自商河县入惠民县境，东南大胡家等距河三四里不等之村庄地亩被河内流沙渐次掩埋，房屋被流沙没埋者亦不鲜见，业户实无力耕种，不能完粮……"嘉庆皇帝看罢奏折，这才下令减免商河、惠民二县的税赋。

虽然官司赢了，但铁世杰却残了，故乡沙化的土地从此再也无人问津。村子的乡亲们为了感念到京城告御状的人们，在人流最为集中的六股道立了碑文，盖了"石碑楼子"。我小的时候经常去那里玩耍，只是在我的脑海里，那里的土地依然是沙化、碱化的。

直到 20 世纪 60 年代，作为根治海河的配套工程，这片土地才第一次提出"三成四结合"（田成方、沟成网、公路两旁树成行，排、灌、路、林四结合）的口号。而近些年，这里的变化就更大了。随着生态治理力度的加大，沙窝早已变成了"绿窝"，无论我如何回忆，也总会被眼前的现实"打断"——平整整的麦田绿成一片"汪洋"，不远处的森林公园不时传来跳秧歌的鼓点节奏……这哪里是什么沙窝，分明是林茂粮丰的旅游胜地嘛！

我同小胡村几位上了年纪的老汉聊起来，他们都说，如今的好日子过去想都不敢想，一句"绿水青山就是金山银山"真的让土地越变越肥，沙丘成为平川。而且现在种地讲科学，种粮选好种子，就连施肥浇水也得循着规矩来。随着沙地变沃土，当地已经连续多年夏秋两季粮食单产过千斤，特别是今年秋季，玉米单产突破了1500斤。加上麦季，亩产接近3000斤了。

听着乡亲们的议论，我对如今的沙窝不仅有了更深的眷恋，同时也有了新的认识。真是今非昔比啊，沙窝成了"富窝"，穷村成了小康村。

（原载于《人民政协报》2023 年 11 月 27 日）

赏秋赏景亦赏心

天空被秋风抹拭得洁净而美丽，原野上氤氲着收获的清香与甘甜，以金做底色的家园被描绘得七彩斑斓。站在田间地头凝视广袤的原野，宛若置身于画家梵高景深宏阔的田园画面里，天地显影了，我亦与之俱化。

春天萌生，夏天滋长，秋天收获，冬天储藏。按照这样的规律，春去秋来，永无休止。从视觉、感觉和嗅觉上讲，春天葳蕤而灿烂，夏天明亮而蓬勃，秋天芳香而金黄，冬天洁白而刚强。而秋天是收获的季节，相比于春夏冬三季，它似乎更多了一种节令与人心形成的默契，忙碌了大半年，该有收获了。

所以，农民从来都喜欢秋天、喜欢收获，也少有"悲哉，秋之为气也"的叹息。依据这样的规律，我国将每年农历秋分定为农民自己的节日——"中国农民丰收节"，既与时令吻合，又贴近农民群众赏秋的习俗，实在是合天意、顺民心。

如今，实现了全面小康的农村，人们的生活水平已经有了很大的提高，农业生产的多数环节，已经被机械化、智能化的作业方式和手段所替代。于是，留在村子里的人们，除了干完手头的农活，还有了时间和心情"赏秋"。在这个庄稼人最爱的季节，去农村走一走，就能看到摇着蒲扇在槐荫树下喝茶聊天的，推着童车到田间地头看景的，三五成群凑在一起，傍一把京胡唱戏的，摆一张小桌，铺开"楚河汉界"相约对弈的……

我家族里的六弟媳妇和八弟媳妇，都是五十开外的人了，文化程度也不高。可是如今对生活的热爱，实在是出乎我的意料。最近，忙完了农活有心情赏秋的妯娌俩都爱上了唱戏，而且逢唱必定化妆，然后做成视频，发到抖音或朋友圈里，有模有样的。老伴第一次把她们的视频发给我看时，让我猜猜演唱者是谁，我想了很长时间也猜不出来。后来她告诉我，个头高的是六弟妹，矮的是八弟妹。这太出人意料了！没想到终日里脸朝黄土背朝天的农村妇女，竟然也能有板有眼地唱京剧、唱豫剧，而且扮相化妆和视频美颜，全是自己一手操办。金色的秋天、金色的梦想，就在这幸福的家庭里实现了。我真为她们高兴。

前几天我回到老家，院中的亲人们围拢过来，大家拉家常聊闲话。我说，今天咱们这顿饭，既是过节的团圆饭，也算是全家集体赏秋，是不是能唱的都来一段。我的提议获得了大家的掌声。六弟媳妇先来了一段京剧《钓金龟》里的"叫张义"，八弟媳妇又唱了一段豫剧《朝阳沟》里的"走一道岭来翻一架山"，虽然都是清唱，但个个都唱得字正腔圆，有模有样。她们唱完后，几个小娃娃就开始抢话筒。有唱京剧《红灯记》"党教儿做一个刚强铁汉"的，有拿腔作势唱京韵大鼓《探清水河》的，热热闹闹好不喜人！

记得古人江淹曾在他的《别赋》里写下这样的句子："至乃

秋露如珠，秋月如圭，明月白露，光阴往来，与子之别，思心徘徊。"秋色让心驰神往，赏秋的人们同样衬托出生活的殷实和安逸。置身故乡亲人赏秋的喜庆气氛中，我想，今天的中国农民，不仅仅是土地的主人，也是土地的歌者，他们在经营土地、收获土地的同时，也深深地热爱土地、感恩土地、欣赏土地。在这个风调雨顺的大有之秋，正应当放开歌喉，高歌一曲。

赏秋赏景亦赏心。我看到了亲人们"悠然面田亩"的身影，更读懂了亲人们赏秋的心愿。这不也正是乡村振兴的一个缩影吗！

（原载于《人民政协报》2023 年 9 月 25 日）

心中月儿圆

月亮是个很神奇的东西。于我来说，对它始终有一种割舍不下的情结。

每当想起月亮，我的脑海中便会浮现出它各种不同的样子：有特别明亮的白玉盘，有镶金边的橙色圆，有宛若银鱼的梦之船，也有形同豆芽的钓钩弯……与这些颜色和形象一同存入脑海的，还有那些传神的称谓：玉兔、夜光、太阴、素娥、冰轮、玉蟾、桂魄、婵娟、玉钩、玉镜、冰镜、广寒宫……除了这些寄托着人们美好期待的称谓，许多千年流传的故事传说，什么玉兔捣药、吴刚伐桂、嫦娥奔月……简直不胜枚举。

因为有着众多美好的寓意，月亮不仅为普通百姓喜爱，千百年来也被诗人们反复吟咏。比如：人们耳熟能详的李白的"举杯邀明月，对影成三人"；杜甫的"今夜鄜州月，闺中只独看。遥怜小儿女，未解忆长安。香雾云鬟湿，清辉玉臂寒。何时倚虚幌，双照泪痕干"；还有辛弃疾中秋饮酒达旦，用《天问》体作送月词，调寄《木兰花慢》云："可怜今夕月，向何处、去悠悠？是别有人间，那边才见，光景东头？是天外。"如此这般情思，何等动人心魄？

相比于对文人所吟诵诗词的欣赏，故乡的人们，尤其是孩子，更喜欢猴子捞月亮的故事。虽然它讲的是个空忙一场的童话，却也表明纯洁精润的月亮不仅是人类的朋友，也被动物们所喜爱。试想，一只猴子看到月亮掉在井里，不忍心它坠落，下决心要把它捞上来，该是一种多么纯粹的仁爱之心！还记得儿时，生产队的饲养员洪佑大伯，为了寻找一头跑丢了的小毛驴，把我们几个八九岁的娃娃招呼到饲养场，说："你们要像猴子捞月亮那样，只要见到驴驹子的影子就赶快告诉我。"我们几个孩子应声而去，不到一小时，就在马车店里找到了那头驴驹子。

长大成人后，我离开家乡，月亮仍一步不放地追着我的身影，像一艘夜航船上的航标灯，为我扫除暗夜的云霓和雾障，指引我前行。28年前的8月，一场突如其来的水灾从太行山脉咆哮着直奔黄河下游的冲积平原而来，作为行洪河道的漳卫新河，上游冲刷下来的柴草、垃圾堵塞，河坝随时有垮塌的危险。我和县里的干部带领3万民众奋战在抗洪第一线。每当夜幕降临，我们都会借着天空的一轮皎月，乘船清理拥塞在河道里的柴草，堵塞大坝上出现的管涌。就这样前前后后奋战了14个昼夜，每晚都有月亮的陪伴。

灾情结束之后，我常常想起抗洪救灾夜晚的月亮，并由此联想到在部队夜间站哨时的月亮。

那是在千里冰封的塞外高原。望长城内外，除了高天悬挂的一轮明月，就只有一片月色里的银白。月明星稀，乌鹊南飞。我手握钢枪，突然就想到了那只执着于捞月亮的猴子。于是，我努力着把手中的钢枪攥了又攥，使劲把两只脚向上提拔。那一刻，我觉得自己与那又大又圆的月亮融为一体了。我成了一尊雪人，身体冰冷内心却火热。若干年后，我不再浪漫，但在电视剧《跨过鸭绿江》中看到冰雕连的群像，看到为抗击侵略者而献身疆场的英雄们的壮举时，我再一次想到月亮，想到站在月光里的自己，自豪油然而生。

尽管我从故乡走出来了半个多世纪，但月亮始终伴随着我。那是故乡的月亮，更是我心中不灭的光亮。

（原载于《人民政协报》2023 年 8 月 28 日）

透地雨中思新变

炎热的夏天,闷得让人难受。好在一入伏,便开始了接二连三的阴雨连绵。擎一把雨伞,徜徉于故乡的林荫道,突然就生出许多灵感。

地,在变。

儿时的故乡,是白茫茫一片盐碱地。即使在万物葳蕤的盛夏,也总是斑斑驳驳,绿色盖不住白色。与这破败景象对应的,是我们这个年纪的人最原始的劳动记忆:砍草、拾粪,为刚刚出土的秋粮定苗。如今60年过去了,土地还是那片土地,可眼前的景象,却成了王安石《后元丰行》诗里说的:"麦行千里不见土,连山没云皆种黍。"用乡亲们的话说就是:"垄头这端推一推,那头都动弹。"朴素的话语既生动,又形象,把庄稼旺长的场面描绘得淋漓尽致。

为何同一片土地会变得如此不同?一是因为种植规模化了。近年来,农村通过土地流转、集中承包等方式,实现了规模经营,大型农业机械也有了用武之地。不少农户家的壮劳力,还成了农业承包公司农业车间的职工,除了拿土地流转的收入,还可以挣一份工资。

二是因为科技含量高了。随着人们种田理念的转变，在以粮为主的前提下，不少地方都建起了设施农业大棚，生长着亩收入三四万元的各类农作物。尚堂镇的西红柿大棚，眼下正进入采摘高峰期，等待收购的汽车天天排起长队。严务镇过去是个穷地方，30年前我在这里工作的时候，还在为解决海浸区群众吃苦水的问题拼搏。如今，这里的人们不仅早已喝上了甜水，甚至还种出了6000多亩长势喜人的水稻。水肥一体排灌、无人机起飞灭虫，这在过去是想都不敢想的事情。

人，也在变。

如今回到乡下，如果不是早就熟悉的人，往往很难分辨出谁是农村人，谁是城里人。即使是年龄在60岁左右的人，也都穿着入时，言谈新潮。这得益于农民文化水平的普遍提高和越来越发达的网络信息，使得城乡之间的差别越来越小，人们交流的共同点越来越多。

文化水平高了，人的心气自然也就高了。现在，让孩子上学、接受高等教育，早已是农村人的共识。今年，只有33万人口的小县庆云，就有1600多名学生进入高考分数提档线，其中不乏被清华、北大等名校录取的"高才生"。在当地谈及此事，从莘莘学子到白发翁媪，全都为学生们取得的成绩感到骄傲。

不仅如此，如今，农民们对经济发展目标的期望也越来越高了。近年来，庆云县粮食单产一直稳定在1000公斤以上，和乡亲们谈起种粮食，大家异口同声的目标都是"吨半粮"，并且已经有了不少成功经验。交谈中，人们对习近平总书记高度重视粮食生产的思想拍手叫好，说这才是治国理政的头等大事，是天下太平的根本保证。尤其是对基本农田的保护、对环境污染的治理、大食物观的提出，全都说到了农民的心坎里。有了这些措施做保证，农村不仅会越来越好，将来还会成为许多城里人羡慕的"风水宝地"。

走在故乡的雨中，回味起这里土地和人的变化，思绪就如这场久旱后的甘霖，让我心底的禾苗呼呼地往上蹿，似乎玉米拔节抽穗的声音，都在我的骨缝里"咔咔"作响。我喜欢这场透地雨，更喜欢新农村发生的巨大变化。伴随着雨点敲击雨伞的旋律，我徜徉、我放歌，我们走在建设美丽乡村的大路上……

（原载于《人民政协报》2023 年 7 月 24 日）

萌娃当教

今年 4 月，我用家乡的老屋改建了一处乡村书屋。书屋开放后，每天都有一群放学后的萌娃来这里看书。他们稚气的脸上带着些微的羞涩，忽闪忽闪的大眼睛像是好奇书屋能给他们带来什么有意思的知识。每次来到书屋，他们中有的一进门叫声爷爷，然后就自报家门，提出读书的范畴或要求，拿到书本就坐在长廊的板凳上认真阅读；有的则直接掏出作业本，抓紧做作业。

每当看到这些情景，一阵阵难以名状的情绪便会涌上我的心头。不只是感慨这些萌娃对于阅读的热爱，更有对自己童年读书时的镜头回放和从青年时期就立志为孩子们做点什么的回忆。

还记得 1971 年的春天，我第一次从部队返回故乡探家。到家的第二天，村里的张大哥专门到我家，满脸愁云地说家里的 4 个孩子全是聋哑人，希望我帮忙找军队医院给他们治治病。当年医疗条件有限，我回到部队后，跑了许多地方，也没打听到能让聋哑人彻底康复的信息。倒是前几年，我回村又问起这件事，人们告诉我，张大哥家的孩子都娶上了媳妇，而且孙辈中有一个孙女和一个孙子考上了大学。特别是大孙女从山东大学毕业后，主动申请到西藏支援边疆建设，如今已经成了一名非常优秀的教师。

这太让人高兴啦！同时也让我不由得感叹：读书好！读书不光长知识，还能改变人的命运。基于这种想法，我把本村《王氏族谱》翻阅了若干遍，发现近 20 年来，这个家族已经走出了 156 名本科生、17 名硕士研究生、5 名博士研究生。我本家一位大爷，一辈子除了种地就是养鸽子，他的两个儿子一个没读书，只能在村里做些粗活，另一个除了自己热爱读书，还矢志不移地供儿子和女儿读书，如今一家人都事业有成，日子过得有滋有味。

这些例子都告诉我们，书籍是人类进步的阶梯，尤其是当今社会，不读书寸步难行，读好了书如鱼得水。也正是因为这个原因，我下定决心，一定要在故乡办一所书屋，作为乡村振兴的有力辅助。现在，每天慕名来读书的人络绎不绝，但我最高兴的，还是看到村里、镇上小学里的娃娃们愿意来这里读书求知。

每天学校一放学，孩子们就挤满了院落，捧起书来认真阅读。我喜欢看这场面，喜欢看孩子们亮晶晶的眼睛，看他们的眸子里那望穿日月风云的好奇和渴望。有一个正在读五年级的女孩，每天都坐在院子里的长凳上，不言不语地认真看书。别的孩子都走了，她还在那里一动不动。还有一个上小学六年级的孩子，从第一次来书屋，就阅读龚盛辉先生的长篇小说《中国北斗》。他说他最喜欢小说封面上印的那句："筚路蓝缕的科技强国求索，扬眉吐气的民族复兴壮举。"听着孩子的回答，我心里有说不尽的高兴与畅快。谁敢说这些娃娃们将来不是遨游太空的杨利伟、王亚平？不是下一个袁隆平、屠呦呦？祖国啊，当你呼唤为了民族复兴而多出人才、快出人才的时候，能利用书屋为家乡做一点贡献，我是多么幸福！

看着每天来来往往的娃娃们，有乡亲说："你当了大半辈子的'官'，老了又成了'孩子王'。"我回答，对，我盼的就是这一天呢！古人尚且知道"孺子可教"，我们不更应当把自己的娃娃教育好、引领好吗？如果孩子们爱上读书，并且因为读书而成为新一代的农民、工人、士兵或者科学家，那正是我的心愿。我愿与娃娃们"携手"，借他们的光，返老还童，再过一回"六一"国际儿童节。

（原载于《人民政协报》2023 年 5 月 29 日）

父母的心愿　书香的传承

我今年已年过七旬，旧时被称作"古稀"。不过，如今这样的称呼显然已不合时宜，2021 年，我国居民人均预期寿命已达78.2 岁，70 岁不仅不稀奇，还不到平均数呢。不过，寿命再长，也总有落下帷幕的时刻。对于怎样走得体面又有尊严，就成了一个令人深思的问题。我自己的观点是：好好活着，在头脑清楚、身体力行时，做一些力所能及的、有益于社会的事情。

父亲信奉伊斯兰教，是 82 岁去世的。那天，我突然接到老家打来关于父亲病重的电话，匆忙赶回家中，便看到昏迷中的父亲嘴角微微颤抖，似乎在说着什么。我把耳朵凑上去，细细听得出，老父亲是在自己做"讨白"，即诵读《古兰经》中关于请求真主饶恕自己一生中所有过错的章节。

在很多人看来，父亲一辈子为人忠厚老实，是个没有什么值得挑剔和指责的好人，但是他自己不这样认为。就在他病危前的那个星期天，他还和我的大哥大嫂说：自己一辈子脾气暴躁，说话率直，得罪过一些人；自己侍弄了一辈子庄稼，在乡亲们眼里是个种田能手，却一辈子日子过得紧巴巴；4 个孩子都有了文化，也没有因为这错那错让人操心，可总觉得书读的还是少。人活在世界上，不读书不行，一定要让子孙后代多读书、读好书。

我的母亲是 85 岁去世的。她临离世的时候，仍明白得让所有去看望她的人都感到惊奇。母亲和大家说，自己一辈子养了 4 个孩子，尽了最大的心劲让他们读书，尽管文化都不算很高，可都能跟着社会往前走，比自己和他们的父亲强得多。现在自己要走了，可还是挂念孩子们。特别是老二，他端的是公家的饭碗，负的是政府的责任，一步走错了都不行。你们作为他的战友、同学、同事，要真心实意地关心他，经常给他提个醒，让他多读书，别犯错误。

父母去世后，除了传给我们祖上留下来的百年老屋，并没有其他财富。但我对于他们的感恩，却不能用文字表达。每每想到这一切，我总会产生一种无法报答亲恩的愧疚感。思来想去，我想到了父母临终前嘱咐的"要好好读书"这句话。于是，从 2021 年开始，我就着手在老家的宅基地上修建一座书屋。

我推倒了过去的百年老屋，建起了一座上下两层的书屋，摆放上我们兄妹四人一生收藏、积攒的三万多册图书。书屋除了用于我们自家人学习之外，还面向社会开放，周围村庄的中小学生、父老乡亲以及学有所成、工作在外的学子们回乡时有需要，都可以来这里研读。除了图书的阅读与流转，我还邀请专家学者到此讲学，承担了文学刊物《万松浦》俱乐部的职责，开展了评刊和荐稿活动。2023 年 4 月 12 日开馆以来，已经进行了三次集中活动，向周围中小学捐赠图书七百余册。下一步，我计划针对目前农民群众急需的实用技术和科技知识，不定期举行讲座，组织有意愿、有资质的医务人员到农村义诊，办好内部交流的刊物，服务于乡村振兴。

做一点公益事业，既是父母的要求，也是我们兄妹的意愿。我想，农村读书的氛围浓厚了，我们国家发展的速度就会更快。如果有一天我的书屋能够为乡村振兴发挥一些作用，在我临终之时，我会含笑挥手——我可以向我的父母汇报了，我没有辜负老一辈人的期望。

（原载于《人民政协报》2023 年 5 月 22 日）

"千层底"让我站稳脚跟

我 12 岁之前没有穿过一双新鞋。这话让今天的青年人听到，估计有一部分人会说我危言耸听，甚至怀疑我是不是想"作秀"？

不是，真的不是。我兄妹 4 个，上面有一个哥哥，下面有一个妹妹、一个弟弟。别说当时家里穷，就是不穷，按照数学上的"优选法"，我也应当是"拣哥哥的破烂、吃妹妹的剩饭、逗着弟弟捣蛋"。更何况在我们生活的那个时代，整个社会都不富裕，"新三年、旧三年，缝缝补补又三年"被视为艰苦朴素的穿衣标准。老人在打理孩子穿戴的时候，总是从最合理的搭配出发，让每一件衣服、每一双鞋袜都发挥最佳效能。如此说来，我穿哥哥穿过的鞋子也就天经地义，并没有什么怨言。再说，我哥哥天生文质彬彬，又早早地上了学堂，穿衣吃饭都格外仔细，就是他穿着不合适了的鞋袜，到我这里都是好的。加上我天生野性，整天背着草筐在地里转悠，脚底板上的茧子蒺藜都扎不透，好歹有双能挂住脚的鞋就不错了。

1964 年夏天，我以优异的成绩考入山东省商河县第二中学。

那是一所离家 10 多里路的乡间中学，是新中国成立之后，党和政府为发展教育事业，在 20 世纪 50 年代初期设立的 5 所县立中学之一。我的哥哥就是 1961 年考入这所学校的。当时，凡是能到这所学校念书的人，都有一种自豪感。接到录取通知书的那天，娘除了把爹的一件对襟粗布褂给我改成学生装之外，还答应给我做一双新鞋。由于农活忙，开学的那天鞋子没有做完。我只好再次穿上那双从哥哥脚上"退伍"的鞋子走进这所颇被乡下人看重的中学。大约一个月后的一天下午，课外活动的我们，有的打篮球，有的用木头枪练刺杀，有的拿着刊有我国第一颗原子弹爆炸成功的套红号外报纸出板报。我因为鞋子不跟脚，只好蹲在篮球场的一角，给同学们当啦啦队。正看得入神，不知是哪位同学喊着我的名字说："你娘来了。"我回头一看，娘肩膀上扛着半袋地瓜，手里提着一个小包袱，那里面正是她在昏暗的小油灯下千针万线为我做的布鞋，还有一瓶老腌咸菜。我赶忙领着娘，想带她到我们的宿舍看看，可是她说什么都不去，只是两眼热辣辣地瞅着我，怯生生地说："这学校真好，总算让你们脚踩砖场、头顶瓦房了，千万把书念好啊。"

娘走后，我独自回到宿舍端详那鞋子，看着看着眼圈就开始发热：娘的针线活真好，密密实实的千层底儿，黑洋布鞋面，又结实又漂亮。为了这么一双鞋，娘得费多大事儿呀。买破布、打袼褙、铰鞋样……不知道娘那双长满老茧的手上，又勒出几多伤痕？想到这里，一种莫名的情绪涌上心头。贫困的日子、学习上的拦路虎、冬之严寒夏之酷暑……统统去吧，我要用自己的铁脚板踏碎脚下的所有困难，为娘争口气，让她引以为豪地笑着对人说："这是我的儿子。"不久，我就在全校秋季运动会上获得了少年组 60 米短跑的冠军。

3 年半之后，我穿上军装成为一名解放军战士的时候，娘又给我做了一双布鞋。当背上那双鞋子跟上队伍远走他乡的时候，我就暗暗下定了决心，一定干出个样儿来，给娘争气，给祖国争光。就这样，我在部队整整待了 6 年。后来，我带着几个立功受奖的荣誉回到故乡，县里留下我在县委宣传部当临时工，并从那里升入大学深造。

1992 年秋天，当我肩负着人民的重托到山东省一个贫困县担任县委书记的时候，娘说：我老了，不能给你做布鞋了，你自己去买一双吧。我按照娘的嘱托买来了一双。娘看着我买的布鞋，连声地说，这东西好，油多了不打滑，泥多了能洗刷，养脚，更养人。按照娘的嘱托，在 5 年多的县委书记工作岗位上，我始终如一地记着母亲的说教，"不敢一日之废堕"，忠实地履行了一个县委书记的职责。后来到省城工作，20 多年过去了，我依旧喜欢穿千层底儿的布鞋。

想起这些，我就情不自禁地想起娘，想起脚上的千层底儿布鞋。如今，娘已离开我们 20 年了，我却觉得她老人家分明还在，并和她亲手制作的千层底儿布鞋一直陪伴着我，让我一步一个脚印地行走在党和人民指引的道路上。2021 年 7 月 1 日，我十分荣幸地领取了"光荣在党五十年"纪念章，接受证章的那一天，我特意穿了一双母亲给我做的珍藏了若干年的千层底布鞋，服务人员把证章挂在我胸前的那一刻，我的眼睛湿润了，我觉得我的脚跟越来越稳，不管前进的道路多么艰难，我都能做到永远跟党走。风大浪急不偏向，地上油多不打滑，泥多不沾脚，养脚更养人。如今，娘离开我们 20 年了，每当想起娘，我就想起脚上的千层底布鞋。想起千层底布鞋，我就觉得老母亲还在，我一直在娘的身边。

乡情入诗滋味长

　　踏着故乡激越的秧歌鼓点儿，我走进了吕丙霄先生光彩夺目的诗词世界。在这个色彩斑斓的百花园，开眼是诗，纵目是画，让人顿入芝兰之室，吮吸着黄土地特有的纯净与芳香，陶醉在这片姹紫嫣红的艺术天地。于是，心的潮涌便生出语言的涟漪向四周扩散，一些虽属门外之谈的话就落在纸上。

　　浓浓的乡情。丙霄的诗词，是黄土地上生长出来的，是黄河冲积平原下梢历经千淘万洗后形成的。他是大家公认的乡土诗人，是商河县为数不多的才子。尽管他自己常常以"布衣"自况，但是像他这样的"布衣"，却有着与历史上故乡的布衣文人截然不同的人生架构与经历。旧时故乡的布衣文人，为小农经济的狭小所限制，活动空间和思维方式受到严重束缚，封闭的环境严重阻碍了文人们一展风采的思想张力。而丙霄则是生活在一个全新的时代，从出生的时刻，就沐浴着中国共产党的灿烂阳光，享受着共和国给予的种种恩惠。高中阶段他就是品学兼优的学生，回到农村之后，他舍不得放弃读书的机会，躬耕陇亩之余，依旧从事自己心爱的诗词和绘画、书法创作。改革开放发生的巨大变化，让丙霄的"布衣"情节，与时代变迁发生了强烈的共振。他的笔下，便流露出许多堪称绝妙的诗句。如：

"上元鼓韵景初开，乡曲天然礼乐来。"

"鼓声助我翻新曲，灯影供人读汉书。"

"春桃荠菜入盘后，扁豆黄瓜下架时。"

"商河烟垄绿金堤，梨雪春寒飞絮齐。韶乐隔村箫管弄，垂杨波碧听莺啼。"

更有专门为家乡写就的《商河道情》，淋漓尽致地写出了商河县的风土人情。其中专门为丑角配得三十八首套曲，字里行间展示着作者对家乡风土人情的熟稔和眷恋。不是常年生活在故乡或者即使生活在这里，但对于生活没有深刻体验的人，是写不出这么传神的作品的。

诗中有画，画中有诗。丙霄是集诗人、画家、书法家于一身的才子，据说剪纸和弹钢琴也是他的业余爱好。十多年前，我曾欣赏过他的长卷，那是一幅以鼓子秧歌为题材的剪纸作品，这幅作品至今仍是商河县对外宣传的珍品。读丙霄的诗词，总有一种诗中有画、有书法甚至可以听出优美乐感的体味。开眼是诗，闭目是画，给人以复合的艺术享受。尤其是对省城济南的吟咏，更是情有独钟，笔墨传神。近年来，丙霄为照料孩子，常来济南小住。他的文学创作引起了济南市文化部门的关注，并且在风景秀丽的五龙潭公园专门举办了他的书画展，引起了不小的社会反响。丙霄也经常参加济南和省里的一些文化活动。省城的生活，为他的艺术创作注入了新的创作灵感。他的笔下，就有了济南这座城市独具特色的婉约与豪放。不管是岸芷兰汀，还是水中荷花、山巅青松，抑或先贤雕像、名人故居，一经入得诗来，便活灵活现，跃然纸上。

如："菡萏迎风水气香，明湖高阁早生凉。论诗人去友情在，历下亭中送夕阳。"

更有"老竹新篁笕上生""花光柳韵语春深"一类的妙句、美句不时浮现在眼前。至于对李清照、辛弃疾等济南名士的吟咏，更是慧眼独具，表达传神。

丙霄诗词格律严谨且又饱蘸激情，读来朗朗上口。我喜欢他的诗词，更喜欢这位才华横溢的老弟。他的大作出版，是可喜可贺的事。读他的这些诗词的时候，我更多想到了古代许多行吟乡间的文人墨客。丙霄不同于他们，他是破蛹为蝶的一只艳丽的彩蝶。我愿意看到他在灿烂的日光里展翅飞翔。

鼓 村

　　去村子东南方向 30 里，有鼓村。因宋姓人家居多，故名之曰"踩鼓宋"。小村北去惠民县城 30 里，南距黄河北大堤也是30 里。全村只有 50 来户人家，总人口不足 200 人。别看村子小，故事却多。缠绕于它身上的那些林林总总，抖一抖全是金灿灿的干货，耀得人眼睛放光。村东南不远处黄河北岸魏集镇的魏氏庄园，是一组独具特色的城堡式民居建筑群，是中国古代北方民居建筑的杰出代表。庄园的主人是清朝武定府同知魏肇庆，庄园始建于清光绪十六年（1890 年），历时 3 年才完工。魏氏庄园的城墙是独一无二的，是中国现存最大的、保存最完整的清代城堡式民居。庄园方圆数千平方米，楼宇鳞次栉比，逶逶迤迤，翁仲鸟兽、石人石马，相夹甬道。庄园与外面的大面积民房古建筑融为一体，构成黄河冲积平原上灵光氤氲的巨幅画面，点缀着岁月的静好与沧桑。村正东相隔十余里，是延续了 100 多年的讲唱文学重镇——胡集书市，从这里走出去的大鼓书、琴书、坠子等形式的讲唱艺人，100 多年来数不胜数。现代著名说书大家单田方（已故）、刘兰芳等，都是胡集村人们口口相传的荣誉公民。在我的记忆里，60年前的说书艺人王兆祥，就曾经多次到我们村走街串巷，用大鼓书的形式讲唱《三国演义》《水浒传》《大八义》《小八义》《七侠五义》等本子。我后来喜欢写写画画，应当与喜欢听他的说书存在某种关联，就连乡村中一些脍炙人口的小调或段子，也是由此而来。特别是王兆祥在说书过程中悄悄加进去的"计谋"或者"鬼点子"，更让我从小就对故乡的那位被称作中国古代"兵圣"的孙子和他的兵法产生了兴趣，不止一次地去孙子兵法城拜谒。尤其是徜徉在沟盘河故道的林荫大道上，回想起儿时听老年人讲孙膑、庞涓在沟盘河大战，刖足为仇的故事，想着想着自己也偷笑了：讲故事的人装模作样，煞有介事，指着不远处一片水塘，如此这般比画一番，言谈间计谋连出、刀光剑影、血肉横飞，把些子虚乌有的故事表现得活灵活现，仿佛他当时就是孙庞大战现场的记者一样。

沿黄河故道步入森林公园，忽闻鼓声咚咚。举目望去，葳蕤茂密的丛林缝隙里，一片开阔地上有男女十几人，似在跳舞抑或扭秧歌，反正从汉子那播动鼓槌的臂膀上可以看得出，鼓手的心已经被美女们长袖善舞的水袖之风催转成了呼呼轮转的神奇法轮。循声前驱，林荫茂密处居然有好几处与鼓有关的休闲场景：声音雄浑激越的，是鼓面直径一米多的大鼓；清脆响亮的是鼓子秧歌队员们舞动中敲响的手鼓；珠落玉盘、响如爆豆且又节奏明快的，是戏迷票友人群里的鼓板；有急有缓、错落有致、鼓点频频变动的，是青年学生们在行进中击打的腰鼓。还有大小不等、音韵各异的中鼓、中中鼓、小中鼓、堂鼓、手鼓，甚至还包括佛教寺庙里专门与晨钟对应的暮鼓……

真不愧是制鼓之乡啊，一个非遗项目的兴起，竟让黄河岸边的村村寨寨都有了一种催人奋进的鼓点声，咚咚锵锵，锣鼓齐鸣，催动着时代的黄钟大吕配合着新时代的主旋律阔步前进，火辣辣的鼓点声里，不仅给人的心灵注入强大的原动力，而且也让那些曾经的惠民泥塑、东路大鼓、姜楼旱船、白龙湾故事、彭家柳编、东路梆子戏剧等民俗文化，全都有了新的生机，蓬蓬勃勃旺长了起来。我的故乡是商河县棘城中街村，虽然和踩鼓宋村不是一个县，可是我们离得近。从地缘上讲，鼓乡即故乡是没有问题的。

有一年春节，我骑上自行车去闫家河村看望老同学，问起："为什么踩鼓宋村的制鼓工艺非要带一个踩字？"他告诉我说，"踩"就是咱惠民宋家村的特色。牛皮鼓在咱们山东，分为"生牛皮鼓"和"熟牛皮鼓"两种，前者发声清脆、激越，后者雄浑、厚重、内敛，各有各的长处。"踩"就是张鼓的时候，待到将处理好的生牛皮附上鼓体，加上紧标，紧到一定程度，要几名汉子跃上鼓面，反复踩脚踩踏。他们踩得劲儿越大，紧鼓人手里的紧标子就忙活得越欢。如此这般，反反复复，直到对鼓面用手指轻轻一戳，都能发出清脆的嗡嗡声，这面鼓才算基本定型。此时此刻，踩鼓的汉子们再次跃上鼓面，做一次酣畅淋漓的扭动。他们动作里夹杂的喊叫与吟唱，都有了鲁迅先生笔下"哼哼哼哼派"的风格。老同学的这番讲解，勾起了我青年时期的一段回忆。1971年或者1972年的光景，快过年了，村子里要办秧歌。我从部队穿着军装回故乡探亲，村里的干部说：你受点累，跑一趟淄角公社宋家村，给村里买一面大鼓。我跟随一名村干部到了踩鼓宋村，由于买鼓的人多，需要等两三天才能供货。我身上的军装起了作用，买鼓的人和卖鼓的人一商量，看我这个军人等得有点焦急，便答应先让我们把鼓拉走，等下一面鼓再给他们。这个意外之喜，让我尝到了人民子弟兵的荣耀，坚定了我在部队安心服役的念头。就是那一次，我看到踩鼓人踩鼓的全过程。真如老同学说的那样，踩鼓的踩，是制鼓的重要工艺，没有它，鼓面松弛，就没有相应的清脆。尤其是新鼓成功的最后一踩，三个汉子踏着约定俗成的舞步，每一步都能敲出悦耳动听的鼓点。踏着这声音，我从故乡的阡陌小路出走，一晃就是 50 多个年头。今年 3 月，我退休了，耳边又想起了鼓点声：咚咚……咚咚……鼓点从鼓子秧歌之乡的商河大地传出，从黄河岸边的惠民县踩鼓宋村传出。踩鼓技艺形成于这个小村已经有 300 多年历史了，人们的言谈举止总有一些与鼓韵有关的表现。"哗啦啦打罢了头通鼓……"之类的唱腔，已经成为制鼓与敲鼓人挂在嘴边的唱段。让一辈又一辈黄河儿女闻鼓起舞，踏歌进击，创造美好的生活。如今，宋家村的踩鼓技艺已经被列入国家非物质文化遗产项目加以重点保护。

　　故乡，也是鼓乡。它那激越的鼓点，永远是进击者奋斗的战鼓与号角。

（原载于《山东文学》2023 年第十一期）

"秧歌迷"的记忆与寻觅

　　达子爷爷死了30多年，老少爷们儿经常念叨他。他是个"秧歌迷"。每年春节村里办秧歌的时候，总有人说：要是达子爷爷在就好了，那老人，没有编不好的花样，没有打不开的坛场。今年夏天发大水，不少地方受了灾，可是我们这地界儿偏偏风调雨顺，庄稼长势忒喜人。眼看就要立秋，汛期即将结束，就有人说话：上苍眷顾，造物厚爱，咱这里这么好的年成，办场秧歌庆祝庆祝吧。

　　"要是达子爷爷还在，肯定没问题。他老人家拿着牛骨头板子一摇晃，人们马上就到大槐树底下集合。"这话让我想起了很久很久以前的一件事，在我的记忆里，达子爷爷就是一位视秧歌如生命的人。

　　1956年春天，老人和村子里30户人家奉命支援青海省边疆建设，临行那天，送行的和被送的人中，有人牵衣顿足，哭声涟涟，声干云霄。老人一看：这是支援边疆建设，又不是永诀赴难。于是，拿起他跑秧歌的牛骨板子舞了起来。哒哒作响的板眼、健硕快活的舞步，立刻引得人们哄堂大笑，哭泣的人也破涕为笑，痛痛快快上了支边的汽车。后来，老人把扭秧歌的习惯带到了遥远的青海，记得他到那里后给故乡的第一封回信，就写了在青海办秧歌的情景，并且即兴编了一首顺口溜："我叫张登江，离开棘城乡，来到青海省，住进魏家庄。生活大改善，不吃菜和糠。社会主义好，百姓得安康。"老人不识字，顺口溜却是张口就来。他在青海念叨的那些"诗歌"，都是由当时村子里和他一起去支边的一个有文化的大姐（小名叫湛）给他记录下来的。如今，那位大姐也80岁了，说起当年达子爷爷在青海办秧歌和口述顺口溜让她记录的那些事儿，还记忆犹新。她告诉人们，达子爷爷的顺口溜成了秧歌场上的唱词。

　　若干年后，完成支边任务的人们，陆陆续续回到家乡，达子爷爷仍然没有忘记他的鼓子秧歌。1976年7月28日，唐山发生特大地震。整个中国进入抗震救灾和防止灾情持续发生阶段。达子爷爷主动承担了村里抗震打更的工作。老人似乎什么事都离不开他的鼓子秧歌，打更也来得别致。只见他隔一会儿敲几下手鼓，喊几声"平安无事"，然后就独自一人扭他的秧歌，就是下着小雨，也没耽误他琢磨秧歌舞步。据说，我们村鼓子秧歌的好多动作，都是根据老人琢磨的那些套路确定下来的。又过了一年的夏天，阴雨连绵的日子里，老人病倒了。秧歌迷的性格，赋予老人视死如归的心态，那天夜里，他突然对儿子说："我一辈子就是喜欢秧歌，快把我的那身行头盖在我的身上，让我再看它一眼。"说完这话，不一会儿，老人就溘然长逝了。

　　村人们对秧歌迷的议论和我对老人的怀念，常常让我想起秧歌这种艺术形式的来源与发轫。

秧歌，是从黄土地上拔地而起的民间艺术，属于民俗学研究的范畴。它压根就带有百姓集体创作的元素，是百姓集体劳作过程中集体创作的产物，闪耀着集体智慧的结晶与劳动者自得其乐的快感。有了秧歌迷，才有了秧歌的不断提升，才有了百花齐放的地域特点。

可以设想，一群脸朝黄土背朝天的男男女女，插秧插累了或者锄地锄累了的时候，站起身来舒展一下，伸伸懒腰，甩甩胳膊，感觉颇为舒适，于是"手舞之，足蹈之"，渐渐进入狂欢，人们仿而效之，有了互动交流，有了插花接龙，有了队形编排，有了载歌载舞。于是，秧歌便诞生了。这最初"仿而效之"之人和对人们的载歌载舞给予指导、使之不断提升并且接续传承的人，就应当是非物质文化遗产的传人。比如，达子爷爷如果还健在，我们村的非遗传人肯定非他莫属。想到这些，我有了追寻秧歌的兴趣。

循着或激越或雄浑或清脆的鼓点儿，我行走在祖国东南西北的大地上，看过黄河流域的、长江流域的、东北三江平原的，乃至湘鄂大地、神农架大山里的秧歌表演，也欣赏过朝鲜族的长鼓舞，土家族的摆手舞，苗族的芦笙舞、铜鼓舞、木鼓舞、湘西鼓舞、板凳舞和古瓢舞等。所有这些艺术形式，无不闪耀着劳动者的智慧与欢快。以湘西、鄂西一带土家族的"摆手舞"为例，虽然与黄河流域和东北地区的大秧歌有较为明显的区别，但其表现劳动者基本技能的模式，不仅与秧歌如出一辙，而且来得更直接、更朴实，更能体现劳作者的特点。当然，摆手舞作为一种少数民族的文化艺术形式，并没有以秧歌的名字出现，主要是在其族群集会的场所"摆手堂"进行演出，但是从民间舞蹈艺术划分的范畴上讲，它与各类秧歌并无差异，甚至在劳动欢快与动作的再现方面，比大秧歌来得更集中、更规范。

"咚咚锵，咚咚锵……"的鼓点声里，蕴含着庄户人家的脚步和心境，也记录了许多民间脍炙人口的故事。我的老家山东省商河县的鼓子秧歌，是黄河下游非物质文化遗产的代表之一。它与青岛胶州和烟台海阳的大秧歌一起，被称为"山东三大秧歌"，多次参加全国文艺项目调演并获奖。一种艺术形式之所以在人口密集的地方能够出类拔萃，很重要的是有一些酷爱秧歌的"能人"。

这件事让我在考察秧歌的过程中经常思考：以我国秧歌多品种、多风格的状况，该有多少人为它凝心聚力？原汁原味的艺术，有了众人的托举，有了"迷"们的再创造，升华了、提高了，地域性的艺术特色形成了，遗产就更丰满、更厚重了。开始有了黄河流域的陕西大秧歌、安塞大秧歌。有了所谓"白髯、花面、红缨帽，白皮短褂反穿，手执伞灯领队"一类的专业用语；有了"反穿皮褂""长袍短褂、皂靴羽缨、持红罗伞者"的特定扮相；有了中原地区的"回民秧歌""军庄秧歌""大营秧歌"、山西高平秧歌；有了晋城、陵川等县的"千板秧歌"；有了从坐摊说唱发展为一个独立剧种的秧歌剧。作家赵树理十分喜爱秧歌剧，20世纪60年代曾编写秧歌剧本《开渠》，对秧歌的推广与发展起了重要的推动作用。在晋西和陕北，流行着一种"伞头秧歌"，秧歌队中有举足轻重的歌手，左手摇响环，右手执花伞，俗称伞头，是一支秧歌队的统领。其主要职责是指挥全局、编派节目，带领秧歌队排街、走院、掏场子，并代表秧歌队即兴编唱秧歌，答谢观众。由于秧歌是土生土长的民间艺术，村与村、乡与乡之间，都有自创自演的创作欲，交流起来也特别方便。我们老家有相互之间"送秧歌"的习俗，不仅是增进友谊、化解矛盾、互相帮助的灵丹妙药，也是提高秧歌技艺水平的重要平台，村与村之间、不同民族之间，因为有了秧歌的交流，就有了团结一致发展经济的结合点。群众社会实践活动有了共同点，秧歌发展也能集思广益，这是鼓子秧歌长盛不衰的重要原因。人们怀念"秧歌迷"，除了他的人格魅力，还有对民俗文化深深的眷恋。这不，说着说着，村子里的鼓子又响起来了。

（原载于《山东文学》2023年第十一期）

回乡见闻

"共同富裕"，连日来，我一直念叨着这句话，想起了 2021
年的两次回乡。

故乡发来的邀请短信，催促着我春、秋两季两次迈开双脚，
回到离省城 100 多公里的老家——山东省商河县沙河镇棘城中街
村。一来看看脱贫的故乡人的生活，二来也把乡亲们的心愿带回
来，作为履行政协委员职责的一种积累，把社情民意熟记在心。

春雨时节我第一次回乡，进村先碰到了张二哥家的二儿子。
他是一名聋哑人，正挥舞着剔刀拆解一头刚宰的牛。见我来了，
便停下手中的活计，比比画画跟我说些什么。邻居们告诉我，他
是说，今天已经剔完 3 头牛了。人们说，他虽然不会说话，脑子
却特别好用，人也肯吃苦。这些年，他都一直在牛羊肉加工企业
打工，剔牛剔羊，比古书上说的庖丁解牛还熟练，最多的时候一
天能剔 8 头大黄牛。每剔一头牛就可以拿到 200 块钱的劳务费。
也就是说，他一天最多能挣 1000 多块钱！我让人们帮着算一下，
后来他自己也打着哑语说，牛羊肉加工不全是旺季，加上淡季，
平均起来，每年至少能挣 16 万块钱。他还有更高兴的事儿，他

的女儿已经从山东大学毕业，主动申请到西藏工作了，他弟弟的一个女儿，也考上了山东大学。

听到这个消息，我真为他高兴。40多年前，我还在部队服役，回乡探亲的一个晚上，刚撂下饭碗，张二哥就来找我，说是听说部队医院能治聋哑人，问我能不能给他帮帮忙，他们家的3个孩子都不会说话。面对这个满脸愁容的老哥，我一心想帮他，却也一脸茫然。虽说之前报纸上曾有过部队医院治好聋哑人的报道，但我们这些驻守在祖国边疆的普通士兵，也联系不上医生啊。抱着深深的同情心，我归队后真的帮着打听，找到了一位曾经治愈过聋哑人的部队医生，他听了一家弟兄3个都是聋哑人的情况，推论是遗传基因出了问题，也是爱莫能助。

好在张二哥的3个儿子都能吃苦、肯奋斗。如今，3个人都当了爷爷，孙子孙女们都非常聪明。宰牛的二儿子比画着和我说，他们家翻身了，不光是兜里有钱经济上宽裕了，更大的变化是孩子们都很聪明，已经大学毕业的，也像你一样，有了出息。没有考上大学的，正在积极努力准备高考。看着他的介绍，我感到农村富裕不仅表现在经济上，还体现在教育、文化上。村里已经形成了重视教育的好风气，我们王氏家族3000多口人中，大学本科毕业的有155人，硕士12人，博士4人，博士生导师1人。这些学子分布在全国各地各个行业。

秋天这次回乡，正赶上收秋。时下的农村，年轻人进城，土地向种田大户流转，中老年人在家留守。今秋多雨，许多有耕地的人家都担心收不上玉米、种不下麦子。其实，晴开天之后，短短十几天里，农机公司不仅帮助村民排了田间的径流，还在地表刚能下犁时，大型机具就进场作业，翻耕、播种，保证了小麦的适时播种。

同样是多雨的秋天，60年前的1961年，家乡的年降雨量是1140毫米，整个鲁北平原一片泽国，乡亲们可是发了愁！两相对照，如今的农村平安多了。你看，不管老天怎么下雨，乡亲们住宿房不漏、烧饭气不断，人们该跳广场舞的跳广场舞，该扭秧歌的扭秧歌。国庆节之后，连续十几个大晴天，秋粮该收的收了，麦子该种的种了，碰上一点麻烦也能克服——前期雨水太大，部分低洼地有径流，播种期稍微晚了几天，多播点麦种吧！

农村的环境也变了。过去，乡亲们养牛养羊，小户经营集中在村里，不仅环境脏乱差，养牛养羊的农户和不干这一行的还容易有矛盾。近两年，随着农村公共卫生环境的治理，村里专门为养殖业实行规模经营划出了场地，牛羊粪便和肉类加工业的下脚料全都有专门的小组处理，村里的环境得到很大改善。老少爷们高兴地说，环境好了，觉得心气儿也高了。和乡亲们聊起来，大家都觉得日子过得越来越舒心了。我的一个叔伯兄弟，前几年夫妻俩都得了癌症，多亏了农村大病合作救助，两个人的病都得到了及时有效的治疗。如今，三四年过去了，他俩身体康复得好，家里的日子也没受影响。他们的孩子都进城务工，孙子孙女们在城里上学。弟弟说，感谢党、感谢国家，咱乡下人的日子会越过越好。

两次回乡，我为故乡高兴，为故乡人高兴。共同富裕是全体人民的共同富裕，是人民群众物质生活和精神生活都富裕。我的故乡正朝着这个目标迈进，我为故乡点赞，为故乡人的心情舒畅点赞！

第二辑

千里纪行

生命的"二叠纪"：我的高原记忆

题记：我常常把我的生命比作一个星球，在这个星球的深处，积淀着我各个时期的地质特征……

一、塞北的雪

我爱雪，尤其爱塞外高原的雪。在我最需要投进炼丹炉进行冶炼的年龄，造物主把我投到了一个和炼丹炉有着同等作用的北国"冰窖"——坝上草原。围绕着这片高原，我总是在张家口、乌兰察布、呼和浩特和山西雁北、忻州等地转来转去。而这一带又是华北地区风最大、雪最多、气温最低的风口子。5年时间，5个严冬，我领略了"北国风光，千里冰封，万里雪飘……"的壮丽山河，吮吸了大雪飘飘带给人类的圣洁与纯净，解读了大千世界的无上清凉，经历了呼啸的白毛风挟裹着零下三十多摄氏度的严寒向驰骋于疆场的将士们发出的挑战和叫板，磨砺了抗严寒化冰雪的铮铮铁骨，结识了一批常年生活在高寒地区的亲密朋友。时光过去了50年，如今，那一片土地气温也在变暖，但是我对那片土地和那里严冬季节飘落的大雪，却依旧情有独钟。仅仅是因为国家把冰雪运动的主会场设在北京市区和张家口市崇礼区，还是冰雪运动的设施和比赛吸引了人们的眼球吗？当然不止这些。根本的原因还是那里冬季的大雪留给我的印象太深刻了。旧景新情，交替作用，让我的这篇怀念塞北的雪的文章，不得不有感而发。

不知道是暖冬引起的多虑，还是老了之后的怀旧，今年这个冬天，我总爱做一些与严冬季节大雪飘飘有关的梦。睡梦中，常常有大漠沙如雪、高山月似钩的连绵起伏，斑斑驳驳、光怪陆离地飘过眼睑。昨天晚上，我梦见自己被狂暴的风吹雪挟裹进一个一人多深的沟壑，沟上崖有两只眼睛闪着绿光的野狼围着沟壑团团打转，随时都可能俯冲下来把我撕裂。此时此刻，我焦急地打开手电，强烈的光柱立马把野狼吓跑。就在这时，四连炮二班的二炮手马延田跑来救我。他扔给我一条绳索，当我被拉上来的时候，我发现自己的手心被搓掉一层皮。直到摸着自己的手还温暖如初，才知道是在梦中。

——这大概就是老了，老了的人喜欢怀旧，怀旧又常常是在梦中。

还有一天夜里，我突然梦到大雪天，驻地窑洞塌方砸到耕牛的事儿。这事情确实是有的，它发生在53年前的冬季，我们部队疏散在张家口市宣化县（今属张家口市下花园区）定方水公社定方水村。那天夜里，我们正在熟睡，突然有饲养场窑洞塌方的呼救声传来，作为子弟兵，我的第一反应就是以紧急集合的速度从床上爬起来。跑到院子里，才知道已是"银世界，玉乾坤"，纷纷扬扬的大雪，把天地搅得一片混沌，积雪抹平了所有的沟沟壑壑。我们赶到饲养场的时候，指挥连的官兵们已经把塌方的窑洞门口清理出来，两头耕牛除了有一头砸伤了一条后腿，其他并无大碍。可是，指挥连的几位战友，却被冻肿了耳朵，还有两位同志清理窑洞塌方时，手上、脸上都受了伤。

噩梦醒来，我倚床而坐，慢慢回忆梦里的情景，竟然和当年抢救耕牛的实际情况差不多。只是此时此刻，我睡眠的地区并没有下雪。我之所以经常梦到大雪飘飘，实在是青年时期5年的塞外高原生活给我留下的印象太深了。

有一年的寒冬时节，我应邀去五台山考察佛教如何坚持宗教中国化方向之问题。由北麓登顶，六出纷飞，漫天皆白，凛凛长松，倒卧涧溪，好一派北国风光。席间，五台山竹林寺方丈妙江和尚信口吟诗："石罅飞泉冷齿牙，一杯龙焙雪生花。车尘马足长桥水，汲得中泠休要夸。"在如此寒冷的五台山巅，还有心赏雪吟诗，真乃修行有道。我颇赞同佛门弟子的乐观、放达。后来，在五台山志里看到，这首诗应当是元好问《五台山杂咏十六首》之第十三。以修行为本的僧家弟子，能在冰天雪地的季节，独怜五台，苦行修道，可见这冬天的大雪对成就有信仰人的志向是极有好处的。这大概就是"宝剑锋从磨砺出"的道理吧。

近年来，随着北京冬季奥运会的成功举办，冰雪运动已经成为我国公民体育生活的一项重要内容，由此给张家口市、崇礼区经济和社会发展带来巨大变化，就连整个坝上草原，包括内蒙古、山西、陕西的一些地方也因此而变得充满生机。最近一段时间，看到许多冰雪运动爱好者，冒着严寒奔赴塞外高原，我心里充满了说不出的激动。除了京剧《智取威虎山》里那段"望飞雪,漫天舞,巍巍丛山披银装"的画面在眼前晃动,内心深处总有一句"让冬季的大雪来得更猛烈些吧"的心语呼之欲出。梦与现实的交会和重叠,总有不断显影和挥之不去的记忆。庄周梦蝶,蝴蝶翩翩起舞的翅羽,总能让人的大脑洞然敞开,变得开朗豁达;卢生的一枕黄粱,把虚幻不可实现的欲望混合成贻笑千古的笑柄,让人丢掉幻想,脚踏实地;淳于棼的南柯一梦,荒诞虚妄而发人深思,教人警策;宝玉的太虚梦,暗藏着命运的悲喜和幻境的玄异暗示,令人太息。而我的白雪梦,则是经历过冰天雪地人的一首歌。你听,"我爱你,塞北的雪,飘飘洒洒漫天遍野……"——唱着这首歌,我愿意继续踏雪而行,那正是我的心声。

二、定方水村的水

与这个村子结下不解之缘,好像是命运的前定。50年之后,我突然在《金史》中看到"定方水"这个村名的记载。细查,果不其然,村子确实是有些来历的。原来,明以前建村,《金史》中即有定方水村的记载。村址原先在河东,后迁址到河西。因建房钉桩见水,取名"定房水",后谐音为定方水。沿着下花园二级路环路而下,大约10公里,就来到定方水村,这个沿河而建的村庄,处处透露着古朴典雅的气息。顺着公路来到村中的方水龙潭,潭水甘甜清澈,这里的人们从小就是围绕着这一潭清水长大的。传说这里是龙脉命口所在,当初为了村子的风水,请了高人修了这一水潭，从此潭水活水不断，汩汩涌流，不知来源，不知去脉，生生不息，水流不止，村子也就此得名"定方水"。

活水不断倒是真的，但是这方水龙潭我在村子里住着的时候却没有见过。离开定方水村45年后2017年的春天，我在北京出席第十二届全国政协第4次全体会议，有一天会议休息，我驱车去了定方水。就在我当年天天挑水的那条村东河道西面的上坡处，确实有一处十几平方米大小的"方水龙潭"，石头砌筑，水泥抹面，水势很凶猛，泉脉汩汩，浪花翻腾，一群姑娘媳妇坐在泉边，有说有笑，有的淘米洗菜，有的从潭中汲水洗衣。我有些纳闷：当年咋就没有见过这个龙潭呢？

饭后，从村支书岗位退下来的老房东支永龙，给我讲起了这方水龙潭的来历："这里的水泉是早就有的，你们在我家住的那个时候，泉眼是在河道中心，河道除了汛期有山洪从上游冲下来时有水，其余时间都是干的，可就是咱们这里的泉水整日整夜川流不息。就是冬天结了冰，凿开冰层照样喝泉水。忘不了你天天都给我家挑水，这让我的老母亲都喜欢上了你，还想给你介绍个媳妇呢。"他这一说，我倒想起来了，确有此事。我当时告诉大娘，在老家有媳妇啦（撒谎），老人才作罢。回想起那段时间的军民鱼水情，真的历历在目。

有了终年不断的长流水，就有了定方水美丽富饶的秀美山水。这次来定方水故地重游，面对方水龙潭的汩汩涌流，我突然在想，在这个群山环绕的村子里，居然也能看到如同济南趵突泉那样的泉水，一定与它周围的群山环绕密不可分。记得当年我们在进行作战准备的时候，对下花园境内海拔1000米以上的高山都进行过详细的标注，我查了当年的笔记，高山分别是：庙沟山（1621 米）、大南山（约 1301 米）、对门山（约 1173 米）、李家梁（约 1171 米）、孤山子（约 1119 米）、太山（约 1071 米）、大北山（约 1011 米）、玉带山（约 905 米）等，还有李寺山（约 1410 米）、黑岱山（1361.1 米）、东猴山（983 米）、蟒头山（862.3 米）等。这些当时看起来光秃秃的山头，如今全是一派绿色。怪不得人们常说"绿水青山就是金山银山"，这水源全在涵养啊。说到这，让我不由得想起发生在 1970 年 7 月的一次山洪暴发造成重大车毁人亡的事故。记得那一天刚吃过中午饭，就听到山崩地裂的呼啸声从遥远的东方滚滚而来，我们赶紧跑到村子南面的高岗处，查看这山洪是如何以排山倒海之势向下游的洋河横冲直撞的。这对于我这个来自黄河入海口的平原上的人来说，可是第一次见。果然，地崩山摧，冲波逆折，飞湍瀑流争喧豗，砯崖转石万壑雷，磨盘大的巨石被势不可当的山洪簇拥着，咕噜咕噜向前横冲直撞。那情景，至今想起来都心惊肉跳。山洪停下来之后，我们接到一个兄弟部队两辆汽车被山洪吞没，两名司机不幸遇难的消息。

50 年过去了，定方水有了定方龙潭，河道旁铺设了宽敞的水泥公路。支永龙老汉看我玩得高兴，就说，咱俩去红崖沟看看吧，那里也是你们二营当年驻防过的村庄。说着，我们驱车东行 5 公里。哎呀，当年深挖洞，造了那么多车炮掩体、防空洞，如今都已面目全非，有的成了种菜大棚的看园小屋，有的成了春季赏花看景的休憩茶舍，姹紫嫣红的桃李杏树，结满了花蕾。这里的季节比我的老家晚半个月，要是在北京以南的地方，早就开得漫山遍野，把整个山谷映得温柔而多彩。据说，由于山岭得到绿化，突发山洪的概率也大大减小。听着乡亲们的介绍，我心里有说不出的高兴。

三、母亲去看我

穿越时光的隧道，我回到了 1970 年春节。那时，我刚刚迈进19 岁的门槛，满脑子的天真烂漫，让自己纯粹得像是从另一个星球上刚刚坠入人类星球的另类，每天就知道给报纸写稿，别的啥都不管不问。那一年，两报一刊的元旦社论《迎接伟大的七十年代》发表后，我们报道组的几位同志，全都激动得彻夜不眠，我抓紧时间，到基层连队采访，很快写出了一组集纳式通讯，并冠之以《迈好七十年代第一步》的通栏标题，很快，这组文章被两家报纸采用了。战友祝贺，首长表扬，弄得我好不自在。正在我近乎得意忘形的时候，突然接到沙城火车站打来的电话，说是我的老母亲只身一人从山东到部队来看我了，当时，我正在部队疏散地怀来县窑子头村采访，听到这个消息，简直不敢相信自己的耳朵。从山东省商河县到塞外高原的张家口市怀来县，少说也得600 公里，汽车倒火车，火车换车站，商河到德州，德州到北京火车站，然后坐公共汽车到永定门火车站，才能买到去沙城的火车票，这对于一个连字都不识的农村小脚女人，该是件多么不容易的事情啊！但是，我的母亲做到了。我问母亲你一个人是怎么打听到部队来的呀。母亲笑笑说："鼻子底下有张嘴，活人还能让尿憋死？"说着，母亲打开她带来的帆布包，掏出从老家捎来的熟鸡蛋，给政委、给政治处主任、给宣传股长和新闻干事，大家都乐呵呵地把鸡蛋攥在手里，和老母亲说些家长里短，劝她多住几天。老母亲却说，看到孩子我就放心了，你们把孩子教育的能吃苦受累，还能写能画，比我教育得强，不多住，后天就走。

老母亲说走就走，政委王风仪说："树理，你母亲别看是农村老太太，可是她通情达理，不光想着看她的儿子，更知道关心咱们部队的建设。老人家非要走，我给你两天假，你替我们把你母亲送到北京，陪老人家玩一天，把老人送上回山东的火车你再回来。"

列车到达永定门火车站之后，我和母亲说，去北京动物园看看吧，那儿稀罕动物太多了。母亲笑笑说："北京的好东西太多了，看都看不过来。部队工作那么紧张，我看到你就放心了，你在部队一定要好好工作，安心服役。你把我送到北京站，上了去往山东德州的火车你就回部队。"母亲说："我这个人心硬，你当兵走的那天，和你一起入伍的那两个兵的母亲，哭得黑天昏地。我就劝她俩，孩子能去当兵是百里挑一的好事，你俩这样一哭，孩子们知道了怎么能安心服役？"送走了我，母亲回到家喊着我的父亲："走，跟我去推磨！"那天夜里，父亲母亲抱着磨棍，整整推了7个小时的石磨，磨了家里仅有的47斤玉米。直到二遍鸡叫，才上炕休息。听着母亲的这番述说，我深深地理解了老人家的心意：不是她心硬，而是她心大。她比任何一位母亲都爱自己的儿子，但是她深深懂得：儿子是自己生的，但他同时也是国家的，让儿子干好国家的事，才是做母亲的责任。母亲的话，深深地敲打着我的心，我知道，儿子在母亲心头的分量，她把毕生的爱都用在疼爱和教育子女上。在那个日子还比较困难的时期，父母含辛茹苦地把我们兄妹四人拉扯长大，分别成为大学、中专、高中和初中的学生，成为有文化的一代青年。时光荏苒，转眼我们也都成为年过古稀的老人，父母也都离开了我们，但是，母亲送我当兵，去塞外高原看望我的那些生活碎片，却像岁月的金辉，闪耀在时光的隧道里。每每想到这些，我就情不自禁地想起一首新诗："小时候，乡愁是一张小小的邮票，母亲在那头，我在这头……后来呀，乡愁是一方矮矮的坟墓，我在外头，母亲在里头……"

四、横剖面上那些模糊了的记忆

三叠纪是公元前 2.5 亿至 2 亿年的一个地质时代，它位于二叠纪和侏罗纪之间，是中生代的第一个纪。三叠纪的开始和结束，各以一次灭绝事件为标志。如果把我的生命比作一个星球，记忆较深的部队生活，就是我记忆的一层化石。如果我是一个星球，那么塞外高原的那段时间，就是这个星球的"二叠纪"，或者叫"青春纪"。它是我将要举行成人礼的档口迈出的第一步，也是我弃笔从戎、开始为国戍边的第一站。挖掘这段历史的断层，剖面上参差着各种各样的样本，比如，上文写到的几段记忆，不仅画面感非常强烈，而且那段经历的时间、地点、人物，都还可以为我作证。这就好比曾经在德国、瑞士交界的侏罗山发现有非常明显的地质特征，所以被命名为侏罗纪一样，我特别珍惜我生命的二叠纪。可惜的是，二叠纪的横断面有的清晰，有的模糊，有的则被压缩成一条破折号似的横线，让你觉得它更重要，却又不能还原它的本来面貌。上面写到的这些，是我终生都难以忘怀的"本"，而有一些则让我回望的思路变得模糊，忘记了事件发生的地点，也记不清当事人的姓名，或记住了当事人的事却忘记了他的名字。

就讲一个老大娘的故事吧，我记忆最深的是她那双被席篾划开一道又一道的总是洇着鲜血的十指。那是一个极其寒冷的冬夜，我们住进了一个叫作"42号"的村子。房东是一位衣衫褴褛却又慈眉善目的老大娘。昏暗的煤油灯下，老人的土炕上放着一把芦苇席篾。那席篾是老人用一个攥在手心里的钻矛形铁器将一棵一棵芦苇劈开后摞起来的。然后用半个剪刀将劈开的席篾刮抹干净。一遍一遍地打磨，哪有不伤及十指的道理？穷日子把老人的手磨砺成了总是缠着纱布，裸露的皮肉，也都伤痕累累，让人看了就想落泪（后来，我看到罗中立先生的油画《父亲》的时候，眼前就浮现过这个大娘布满愁云的脸庞）。在大娘家住了三个晚上，训练之余，我看到她的时候，她总是在那里刮抹席篾。这让我很是纳闷：大娘家里没有其他人吗？后来才知道，大娘的老伴儿一年前因患病去世了，留下她独自守寡，她也只能用给编席的工匠刮抹席篾来增加一点微薄的收入以糊口度日。离开大娘家的那天，我从每个月8块钱的津贴中拿出3块给了她。

直到今天，我的脑海里还经常晃动着一张像是被霜打了的脸和一双缠满纱布却总是洇着血的手，我不知道她的姓名。

1973夏秋之交，我要做一个小手术，住进了张家口市中国人民解放军二五一医院。同一时期，医院里还住着我的一位战友——炮九连的副班长王三铎。他的病有些麻烦，是肾病后期的尿毒症。由于那个时候医学不发达，得了这种病比现如今得了胰腺癌还可怕。部队通知了三铎的母亲，大娘踮着小脚来到医院，服侍自己命在旦夕的儿子。部队政治处通知我，让我代表部队经常去看望一下王三铎。和医院一说，我也搬进了三铎住的那个大病房。三铎比我当兵晚一年，年龄却比我大两岁。我们平时也很要好。只是在三铎病重的日子里，他情绪变得特别暴躁、易怒。慈祥的母亲，耐着性子悉心给儿子按摩擦拭着插满管子的胳膊、腿脚、鼻子、嘴，手心里总像捧着一个价值连城的易碎品。

终于，有一天这件易碎品还是碎了。暴躁的王三铎，像是用尽所有的气力，把输血的架子推倒，一瓶血浆摔得粉碎，血液溅到周围人的身上，蹲在床边给儿子按摩的大娘更是难免，她的脸上、身上都沾满了血迹，女护士的发辫也被血迹浸染。

紧急抢救。三铎进入弥留。我劝大娘先去洗一洗脸上的血迹，大娘摇了摇头……就在那天晚上，三铎走了，部队来人了，救护车拉着他向保定地区的高阳县开去，车上只有他的老母亲、九连的副指导员和一名战士。我不知道大娘的名字，只晓得她曾在一个上午，和我说过当年雁翎队打鬼子的故事……

后来，我在住院期间，创作了一部话剧剧本《血染的发辫》，医院的医生护士们看着有点意思，就把草稿留下了。一年半以后，护士将我的这个剧本寄给了部队政治处，由于我已经复员，也不知道它的下落。

还有一位大娘，我从来没有见过她，可她始终让我放心不下，牵肠挂肚。一想起她，我就觉得岁月里早就应当剔除那个日子，如果没有那个日子该多好。

　　那是一个大雪刚停的日子，我们从二连浩特野营拉练返回驻地，浩浩荡荡的炮队路过张家口市的时候，走在前面的车队突然接到电话，后面炮四连的一辆炮车在茶坊区一个公共汽车停车点，突然失控，闯进了候车的人群，出了严重的车祸。这个消息很快得到证实。真是"黄鼠狼专咬病鸭子"，被撞死的是一位19岁的魏姓男子，他的母亲从30岁守寡就是为了这根独苗。可惜在儿子刚刚参加工作不久，就撒手人寰。后来，开车的郭姓司机被军事法庭判处了徒刑，带车的石姓干部也被撤职查办，判处徒刑。让我最难忘的是，处理这件事情的政治处组织股长伦维正告诉我，他和魏传笃副政委去处理此事，这位痛失娇儿的老人，在听到部队的处理意见时，居然带头写出有全厂职工签名的请愿书，说开车的司机也不愿意出现这样的事情，都是雪大惹的祸，请求千万不要给他们刑事处罚。我儿子的遭遇是我这个做母亲的难以承受的，也别让这个司机的父母再受磨难了，原谅他吧。然而，军法无情，依法办事，最后还是对这位司机和带车干部给予了法律惩处。

　　这三位大娘是我生命的二叠纪里遇到的老人，她们在命运里被碰得头破血流，无声无息地走完了凡人的一生。但是，作为经历过这些人和事情的我，却在内心深处结了一层痂。这层痂在我生命的断层中，积累着，沉淀着，也风化着。许多个难眠的夜晚，许多次纠结的梦境，总有不死的灵魂附在我的耳朵上，说："别忘了，你是人民的儿子，百姓的后代。不管他们贫贱还是富庶，你都要对他们毕恭毕敬，躬亲抚养。"

一转眼，我也到了"阎王不叫自己去"的岁数，来日苦短。

　　在德国与瑞士交界处有一座侏罗山，1829 年前后，布朗维尔在这里研究发现该处有非常明显的地层特征，因此以山命名。如果 1820 年英国人史密斯首先命名的话，现在肯定不会是侏罗纪这个名称，因为他当时在英国研究的菊石正好就是这个时期的。两年后的 1822 年，德哈罗乌发现英吉利海峡两岸悬崖上露出含有大量钙质的白色沉积物，这恰恰是当时用来制作粉笔的白垩土，于是，便以此命名为白垩纪。需要指出的是，世界上大多地区该时期的地层并不都是白色的，如在我国就是多为紫红色的红层。我的少年时期，就是我生命的三叠纪。

　　二叠纪这个名称是我国科学家按形象而翻译的，最初命名是在 1841 年，由莫企孙根据当地所处的彼尔姆州（俄乌拉尔山乌法高原）将其命名为彼尔姆纪。后来，在德国发现这个时期的地层明显为上是白云质灰岩下是红色岩层，这也是我国后来翻译成二叠纪的根据。我反复打磨自己的经历，总觉得我这一生步入高原的时期，尚属少年，是记忆更为久远的"三叠纪"，大学毕业到地方工作的 47 年，是我生命的"一叠纪"，而跻身军营的这段"二叠纪"是我形成思想、锻炼意志的极为重要的时段。这段岁月对我的成长是起了重要作用的。我们都将老去，物质不灭，我们也会像地质学上的地壳变化，融入某一个世纪的断层，我期待着在"我将无我"的断层中，融入紫红色的岩层。

一座城市的婉约与豪放

在济南住了 20 多年，越来越发现自己像一个常年在山谷里跋涉的地质工作者，每一块石头，每一泓清泉，都在向你展示地下宝藏的蕴藏量和地质信号。比如，年轻时读李清照，读辛弃疾，知道他们分别是中国词坛上婉约派和豪放派的代表人物，却没有仔细地去思考产生这样人物的地域基础和文化基础。及至在济南住的时间长了，那些平日里看到的光点和彩头，似乎就是一座露天富矿的标志。如果不去挖掘，可能就会与之失之交臂。于是，我开始留意济南的风土人情、人文资料，不时游走在流水潺潺的街巷幽径，在那里做些寻寻觅觅的探究与咀嚼。时间长了，竟觉得这座城市原本也是充盈着某种气场的——是婉约？是豪放？还是二者兼而有之的负阴抱阳？

一

山东济南地界，端的是上天赐予人间的一块风水宝地。自从盘古开天辟地，天造地设，铺就下如此美丽的一个地理之形：济水之南，相去二十余里，巍巍然耸一历山。与历山相对，其右为趵突泉，泉眼有三，三泉喷珠吐玉，昼夜不停，雪浪上沸，高可三尺。此盖温泉也。依泉有水草，冬夏青青，郁郁葱葱，锦鳞游泳，百鸟翔集，杨柳袅袅，波涛喧豗，清流汩汩。泉水趵突北出，与泺水交汇，流入大明湖。湖明如镜，岸柳与鲜荷点睛，画舫共游船添色，历山倒影，清晰可见，真乃湖光山色，相映成趣，把个济南城池，装点得仙境一般。

这还不算，且说这大明湖水，自湖东北方向出口，流入华不注山下，再汇为湖，名为鹊山湖。鹊山湖由东北流入大清河，后经北齐人导之东行，为小清河。这是说的自南向北的一片。再回过头来向南看，那趵突泉水的来路，竟是发源于泰山之北，自渴马崖之下忽而隐去，进得城池，复现为泉，且泉水穿街入巷，登门进户，故而家家泉水，户户垂柳，成就下如此一派花柳繁华、温柔富贵的去处。

去历城东南三十里，有龙洞，佳木翁郁，奇花夹岸，曲径回环，导入龙洞，果然是幽深莫测，神奇非常。举首洞天，依稀可见冥冥之中日月垒壁，垂丽天之像；俯首足下，仿佛闻听龙湫溅玉，泉水叮咚，奏仙乐袅袅之音。掉头西南，至长清崮山，山色极佳，有洞有石梁，尤以山峰为巧，看上去如货郎担上种种玩物，琳琅满目，栩栩如生，更加溪水潺潺，飞瀑横流，真个画图一般，令人遐思飞扬，灵感环生。灵岩山，远远望去，依岱临川，错落有致，峰如刻镂绣织，作奇花异草之状，近看则苍松挺拔，青檀傲岸，入眼秀美，摄人魂魄，怎不让人荡胸生云，决眦忘归？

而若在晴空万里的日子，你站在济南南部的任何一座山头向北望去，都可看到气势雄伟的黄河，紧贴着城市的边沿，像一条系在济南儿女腰间的金色绸带，飘飘洒洒，向着大海的方向轻歌曼舞，缓缓东去。自鹊山、华山之外，另有历山、鲍山、腊山、粟山、药山、标山、匡山之属，星罗棋布，蜿蜒起伏，其状如儿孙环列。此即所谓"齐州九点烟"也。"九"并非确数，泛指山多。今一般是指自千佛山"齐烟九点"坊处北望所见到的卧牛山、华山、鹊山、标山、凤凰山、北马鞍山、粟山、匡山、药山九座孤立的山头。不管是哪座山，反正看上去，都像偎依在黄河母亲的身边，为母亲伴舞的天仙。

　　如此一脉江山，怎不令志士垂涎、英雄折腰？

二

　　于是，两千多年来，此一方水土，变成了豪士奇俊、骚人墨客群集放浪的舞台。他们或怀一腔慷慨激烈的情怀，纵论眼底世情、胸中块垒，悲歌风雅，抒发冲宇宙凌海岳的大志；或语吐珠玑，笔起烟云，以磊落不羁之才，放浪形骸之外，寄韵委婉，谑浪笑傲，留下许多人间佳话。所以，杜子美《陪李北海宴历下亭》称"海右此亭古，济南名士多"，李太白《陪从祖济南太守泛鹊山湖三首》则云："湖阔数千里，湖光摇碧山""遥看鹊山转，却似送人来"，至于杜甫那首脍炙人口的《望岳》，是不是也是站在济南的某一个地方向着南部的泰山仰望而发出的感慨呢？从《杜甫全集》的编排顺序来看，《望岳》排在《陪李北海宴历下亭》

的前一首，两诗相靠，应当作如是观。这且留给专家们考证。仅就唐代两位登上世界文学史最高峰的伟大诗人，都到过济南，并留下光焰万丈的诗篇这一史实而言，也足以说明济南在历史上的地位。任何一个伟大人物、不朽作品的诞生，都不是偶然的，自有孕育他们成长的土壤和条件。济南正是具备这一条件的理想选择。它以自己独到的山川形胜、人文地理，养育了数不清的历代先贤。

相传，先是大舜躬耕历山，因城在山下，至春秋战国，被齐国国王封为历下。至西汉初年，分齐郡置郡，文帝时改为济南国。景帝时为参加叛乱的七国之一。《史记·田儋传》："汉三年（前204），韩信袭破历下军。"更有那《水经注》的作者郦道元，在济水篇里对济南做了专门记载：历山又名舜耕山、千佛山，"山上有舜祠，山下有大穴，谓之舜井"，"济南名泉七十二，宇内所无"。这秀丽风景，也让一大批文人墨客趋之若鹜，纷至沓来，搔首捻须，吟诗作赋，题词绘画者不可胜数。前面提到的唐代大诗人李白、杜甫，都对这块风水宝地情有独钟。从他们的作品来看，李白除了前面引用过的《陪从祖济南太守泛鹊山湖三首》之外，另有"昔我游齐都，登华不注峰。兹山何峻秀，绿翠如芙蓉。萧飒古仙人，了知是赤松。借予一白鹿，自挟两青龙。含笑凌倒景，欣然愿相从（《古诗五十九首》之二十）"。而杜甫在天宝四年的夏天，到山东游历，在大明湖历下亭，拜会了当时的著名文豪和书法家李邕（李邕此时为北海太守，人称李北海）。两人相宴历下亭。酒至半酣，杜甫即席吟咏"东蕃驻皂盖，北渚凌清河。海右此亭古，济南名士多。云山已发兴，玉佩仍当歌。

修竹不受暑，交流空涌波。蕴真惬所欲，落日将如何？贵贱俱物役，从公难重过"。除此之外，杜甫还有许多其他吟咏济南的诗篇。他在20岁至35岁的十多年间，曾先后七次到齐鲁之地漫游，如《暂如临邑，至山昔山湖亭奉怀李员外率尔成兴》等，尤其是那首千古绝唱的《望岳》，以"会当凌绝顶，一览众山小"的气魄，不仅道出了盛唐气象，也将历代登临泰山的文人墨客的吟咏实施了全方位覆盖，用"齐鲁青未了"的形象比喻，刻画了山东大地的俊美，这首诗简直可以和泰山永世并存。

三

　　秀色可餐的大好河山，吸引了四面八方的来客，也养育了难以计数的山东人民。且不说公元前的舜、鲍叔牙、扁鹊、闵子骞和西汉时期的政治家终军等，也不说至今仍被奉为门神的唐朝大将秦琼，单从李清照、辛弃疾，就可以看出济南山水不仅饱人眼福，陶冶性情，常在其中，耳濡目染，还可以心动神摇，灵气闪烁，以至于触类旁通，独秀前哲，熔钧六经，雕琢性情，组织辞令，金声玉振，木铎启而千里应，席珍流而万世响。好山好水和家乡的风土人情，成全了他（她）们的烁烁风采，使他（她）们成为写天地之辉光，晓生民之耳目的一代文豪。

　　李清照是我国南宋时期著名女词人，1084年生于济南。章丘城里日夜涌流的百脉泉和明水镇上的稻香给了她与生俱来的灵透与聪颖，加之她从小生活在一个条件比较优裕、艺术氛围很浓的家庭，父亲李格非在京城做官，曾经为了写好文章而拜在苏轼门下，母亲王氏也是知书能文。家里经常是高朋满座，他们或者谈古论今，或者吟诗作赋，或者挥毫泼墨，使得少年李清照耳濡目染，对诗词产生了浓厚兴趣，并且自己也学着填词，在她少女时代就已经小有名气。她18岁和赵明诚结婚，两人不但喜欢填词，还共同研究整理金石书画，情趣相投，志同道合。两年以后，赵明诚被皇上委派了一个官职，走马上任，使得他们形影不离的日子不再。在寂寞的日子里，李清照把难以排遣的离愁别绪，转化成抒发自己孤独情怀和思夫恋情的创作过程，写下了许多被称为婉约派代表作的绝妙好词。这种情感深笃的文人恋情，不能不说或多或少是受了济南山水多有的婉约俊秀之气的影响。直到今天，我们在风和日丽的日子里，到大明湖、千佛山等名胜一游，还可以强烈地感觉到生活的周围氤氲着一股清照词的秀美印象。当然，李清照在经历了回到丈夫老家青州和随丈夫守莱州的这段时间之后，随着时局的动荡，他们开始了颠沛流离的逃亡生涯。在这样的生活环境里形成的作品，把李清照推向了中国女词人顶峰的位置，也是个不争的事实。她在继承婉约派词家特点的同时，后期还兼有豪放派之长的创作风格，以独到的见解和高超的艺术技巧，形成了自己独具特色的"易安体"。即使是这样，我们仍然有理由认为，李清照的成功，除了她本人的天赋，不排除她是以济南人文地理为基础不断升华的艺术人生的自我完善的过程。

说到比李清照稍晚一点的辛弃疾，与济南山水的关系就更为密切了。山东人有按家谱说事的习俗，抛开多如牛毛的辛弃疾简介，如果回到他的故乡来讨论辛稼轩，我们就应从他出生地最基础的记载里看起。辛弃疾（1140年5月28日—1207年10月3日），字幼安，号稼轩，山东东路济南府历城县（今济南市历城区遥墙镇四风闸村）人，中国南宋豪放派词人，人称词中之龙，与苏轼合称"苏辛"，与李清照并称"济南二安"。稼轩生不逢时，正是南宋王朝行将灭亡、大金帝国不可一世的当儿。也许这正是"玉汝于成"的一团酵母，让少年时代就立下报国之志的稼轩找到了命运的磨石，于是，从军抗金、安抚江西、安抚福建等，一路下来，竟如一簇铮铮作响的镝矢穿过民族苦难的历史，定格在闪耀着强烈的爱国主义思想和战斗精神的抗金史上。而伴随着这簇镝矢飞溅出的火花，正是他那被后来人称作"英雄之词"的词作（今存六百多首）。不用多读，只要看一看他的《水调歌头·带湖吾甚爱》《摸鱼儿·更能消几番风雨》《满江红·家住江南》《沁园春·杯汝来前》《西江月·夜行黄沙道中》等，就可以洞见词人那慷慨悲壮、笔力雄厚的豪放之情和风格多样的艺术造诣。

当然，故乡人看重的更多的是故事，是生活的细节。倘若让历下人来说说辛弃疾，恐怕更多的是他一生坚决反抗金军入侵，发誓要收复失地，统一祖国。那在济南人的说道儿里，可是家喻户晓的一种自豪啊。不信，你到大明湖畔找一条石凳，找一个一看就是老济南打扮的老汉坐下来聊聊，那人肯定会说：你问的是辛弃疾啊。好，我来告诉你。辛弃疾出生在济南一个世代官宦的家庭。父亲辛文郁在辛弃疾很小的时候便离开了人世，曾经做过宋朝官员的祖父辛赞把他拉扯成人。当金兵入侵汴京，掠走徽、钦二帝后，徽宗的第九个儿子赵构得以逃脱，在应天府继位，建立南宋。此时的辛家，由于人多族众，家大业大，加上山东人骨子里就有的恋土意识，不愿意也不可能携家带口逃向南方，便滞留在济南。济南沦陷后，辛赞为了养家和保全的双重目的，不得不在金朝做官。眼看辛弃疾到了读书的年龄，在安徽做官的祖父就把他带到谯县，让辛弃疾跟随当时亳州小有名气的田园诗人刘瞻学习作诗。政余空闲，辛赞就对辛弃疾进行抗金复仇的教育。这种"人在曹营心在汉"的栖身之术，使得辛赞内心总希望有朝一日能够报效大宋朝廷。辛赞不仅这样去想，还把这种愿望寄托在孙子辛弃疾身上，经常给他讲述金兵入侵的种种暴行，教育他等待时机，陈力以出，报效国家，并且经常带着他到济南周围的山上登高望远、指点山河。在这种耳濡目染、言传身教下，在少年辛弃疾心里埋下抗金的种子，他立志待机而动，驱逐金兵，还我河山。金迁入燕京后，仿照宋王朝的做法，实行 3 年一次的开科取士制度。辛弃疾 15 岁那年（1154），正好赶上科考。他被济南府保荐前往燕京城应试。辛弃疾的祖父非常高兴，他叮嘱孙子，除了应对科考，还要利用这个机会，调查了解金朝的政治局势和军事部署，掌握必要的情报。受到祖父指点，辛弃疾在赴京途中，以自己特有的细心，侦查金人占领区的地理形势、官府仓库、屯兵布防以及金朝内部的矛盾与斗争，掌握证据变化的要点和关键。虽然这次科考落榜，但对于胸有大志的他来说，却不无收获。这次借科考之名进行的政治考察，为他再次赴燕京应考提供了机会。3 年之后，当他再次赴考的时候，在原有的基础上，再次对沿途金人占领地区的情况进行了更加详细的侦察，为他日后起义、南归及拟定北伐计划奠定了坚实的基础。1161 年，金主完颜亮率众 60 万大举南侵。为了准备战争，他们不择手段，大肆搜刮民脂民膏，掠夺百姓财产，忍无可忍的情况下，终于点燃了北方人民的抗金之火。当时，就有王友直、赵开、魏胜等人在各地领导的义军分别有十几万人。而声势、力量最大的，则是山东郓州耿京领导的一支起义军。耿京是农民出身，由于受不了金朝的横征暴敛，纠合了李铁枪等六七人，率众起义，他先后攻克了莱芜、泰安两个县城后，队伍迅速扩大到 25 万人。耿京自称"天平军节度使"，节制山东河北的忠义军。此时，年已 22 岁的辛弃疾，看到各地义军风起云涌，压抑在他心中的抗金愿望像大汛到来季节济南的泉水，汩汩涌流。虽然此前一年，爷爷已经去世，但老人要求他"时之来也，陈力以出"的家训，却余音在耳。于是，他毅然决然地在济南南部山区举起抗金的大旗。义旗一举，四方归心，队伍很快发展到两千多人。不久，辛弃疾就率队伍投奔了耿京，使起义队伍的力量进一步扩大。在义军里面，辛弃疾以自己灼热的爱国热情、卓越的军事才能和横溢的才华，不仅得到耿京的赏识，也受到将领和士兵们的拥戴，很快被任命为掌管全军书檄文告的"掌书记"。这为他和耿京一起共谋恢复中原的宏图大业提供了一个施展才华的历史舞台。当时，济南有一个叫义端的和尚，与辛弃疾相熟。此人通晓兵法，在辛弃疾组织了义军之后，也聚集一千多人，扯起反金的大旗。辛弃疾归附耿京之后，说服这个人也加入耿京的队伍。谁知，这和尚竟是个怀有个人野心、图谋不轨的小人，刚刚入伙不久，就阴谋叛变。他利用和辛弃疾相熟的便利条件，侦察到耿京的节度使印由辛弃疾保管，便在一个月明星稀的夜晚，偷了大印投靠金兵去了。此事且不说耿京恼火，也让"一世之豪，以气节自负，以功业自许"的辛弃疾大丢颜面。义端一旦投入敌营，淘汰一个人渣事小，把军事机密泄露给金兵事大。为了挽回损失，辛弃疾请求耿京给他 3 天期限，如果到期抓不到义端，宁愿军法处置。他昼夜兼程，抄近路赶上义端。当场砍下义端的头颅，避免了叛徒出卖可能造成的风险。

梦里挑灯看剑的壮士啊，当挑衅的对手把搦战的叫嚣顶入你的耳膜，那珍藏在你剑匣底部的豪气便会一瞬间变为助推炮弹出膛的药筒。有人看到，在那个不眠的夜晚，你像一位临战前擦拭宝剑的将军，在昏暗的麻油灯下把自己写给朝廷的《美芹十论》，化作为国征战前的磨刀石，蘸着一腔热血嚓嚓地磨响了手里的利刃。绍兴三十二年（1162），辛弃疾奉命南下与南宋朝廷联络。在他完成使命归来的途中，听到耿京被叛徒张安国所杀、义军溃散的消息，便率领 50 多人袭击敌营，把变节投敌的叛将擒拿到案，依法处以极刑。辛弃疾惊人的勇敢和果断，使他名重一时，"壮声英概，懦士为之兴起，圣天子一见三叹息（洪迈《稼轩记》）"。尽管如此，面对强大的金主完颜亮的进攻，南宋王朝的怯懦与畏缩却让曾经对他大加赞赏的赵构以及后来继位的另一个孝宗皇帝，也不得不把他明珠暗投，让他去做了江阴签判，从此开始了他在南宋的仕宦生涯，这时他才 25 岁。之后，辛弃疾又历任湖北、江西、湖南、福建、浙东安抚使等职。

济南人讲这些故事的时候，常常有一个特点，说着辛弃疾，猛不丁地又转到李清照身上，或者说李清照的时候，辛弃疾又冒了出来。当然，这样讲故事的人不一定都是学者或者教授，未必十分严谨，但寻常人也都知道这两个词人一个婉约一个豪放倒是不争的事实。有许多时候，一个地方的乡贤，其实就是那个地方的气场。既然易安居士和幼安先生分别以其婉约和豪放彪炳于文坛，故乡就不能不沾他们的光。于是，原本属于词作风格的婉约和豪放，经过人们长时间的口诵心传，竟渐渐泅浸成一座城市的特色，而这种特色又在不知不觉中潜移默化成人的某种潜质。比如，济南人做事情讲究"思谋"，总想把与婉约和豪放有关的因素揉进生活。全国运动会选中济南之后，在场馆的设计上那可是真的费了一番脑筋：场馆不管是谁设计，反正你得把俺济南的特色揉进去，让俺济南该豪放的更豪放，该婉约的更婉约，不然，就给俺"拔腚"。当今这个社会也真的有能人，就有人敢来揭这个榜。于是，一座现代化的体育场馆诞生了——东荷西柳，两个钢架构的场馆一东一西，遥遥相对，远看俨然两个威武雄壮的彪形大汉立于泰山余脉的千佛山脚下，浪吟辛弃疾的抗金词作。够豪放吧？但是，当你走近看时，才知道那分别是一朵盛开的莲花和用一串柳叶围起来的明湖。钢架构的荷花和柳叶寓意着什么？是刚柔相济？还是"三十辐共一毂，当其无"的道家理念？自己理解去吧。反正我从那里读出了某种"二安词"的味道。再比如，在济南的方言中，把"好"叫作"赛"，把对路、合心意的事情叫作"耳利"，而喝令某种对象立即离开叫作"拔腚"……当然这样的流行语大多仅限于寻常百姓家，官面上和文化圈里的人是不屑于讲土话的，他们的豪放与婉约是追着时尚前行的。尽管如此，那些土得掉渣的济南话还是经久不衰地流传着。

四

鸡不尿尿各有一道。文人们不讲土话和方言，却有变着法地玩弄文字魔方的本事。在济南住久的文人们，大概对这片土地爱得太深，因此，围绕着打造家乡的文化，总想走一条人有我有、人家没有我也要有的路子。就拿各种古典文学作品的选本来说，诗经三百、唐诗三百首、宋词三百首选、元曲三百首选，此类书籍，汗牛充栋，洋洋洒洒，可谓洋洋大观，宏矣哉！然则，未曾听说过竹枝词三百首，尤其未听说过吟咏一个地方，且由三位诗人各写一百首竹枝词，从而组成一个城市的竹枝体地方志。

今天就讲一讲这个三百竹枝的故事。

竹枝词是我国古代的一种民歌形式。其作品大体可分为三种类型：一类是由文人搜集整理保存下来的民间歌谣；二类是由文人吸收、融会竹枝词歌谣的精华而创作出有浓郁民歌色彩的诗体；三类是借竹枝词格调而写出的七言绝句，这类文人气较浓，仍冠以"竹枝词"。值得注意的是，明朝以前的竹枝词，多以吟咏江南的风物人情为主，为其地域性的特点所限制，这类诗歌更多地保留了江南水乡的民歌形式和南音的委婉阴柔，而对于济南这座体现山东人性格比较集中的城市来说，似乎不大适宜。不过，济南这地方有着善于吸纳和将婉约与豪放兼收并蓄的特点。明朝末年，善于琢磨道道儿的济南文人们，分析来分析去，忽然觉得济南人应该有自己的竹枝词。于是，一位叫王象春的济南人，于时政凋敝、农田荒疏之时，忽生吟诗作赋之兴，决心写一百首竹枝词。为了实现自己的写作计划，老先生"卜一茅于湖央，买小艇舣篷下。又或跨马郊坰，登高而望，寻耆而语，济之概八九于目中矣。……此入目可见者耳，悬青澄碧，实不尽此。又若太公、桓公之所经营，南燕、伪齐之所窃据，与夫山灵川淑之孕，忠臣节士之魂，断碣磨崖之字，冶子女红之感，九首独足之诞，岁时游赏之节，千古旦暮，一往而消沉于此中，何必牛山涕哉！此邦信美又吾土也"。待到初稿完成，王向春自己吟咏再三，越读越觉得自己笔下的这些竹枝，怎么也没有江南文人竹枝词的那种清秀与空灵，相反，倒是怎么也摆脱不了济南的乡韵和廉直。邀几个文友看看，也都说这是借江南的酒瓶装济南的新酒的一个产物，"大抵皆慷慨萧骚之致，而其声发则一归于廉直，无肉好也。以齐咏齐，易舌不易性，易性不易舌……此不过与山樵、野姬、老僧、稚牧相共咿哑而成者，齐东野人之遗耳！"于是，几经思考，决定把这一百首杂糅了豪迈与婉约共处一炉的竹枝词定名为《齐音记》。

此例一开，济南人书写自己的竹枝词的风气一发而不可收。至有清一朝，试着用竹枝词来吟咏济南的人竟呈越来越多之势。先后有董芸、王初桐，分别作《广齐音》竹枝词一百首、《济南竹枝词》一百首。三人各有一百首，于是，济南的三百竹枝便应运而生。当然，还有后来的张实居、孙兆溁、孙卿裕、石德芬、王兰馨诸君子，也写下不少脍炙人口的竹枝词，但由于其全都不足百首，故而不能与王向春、董芸、王初桐相比肩。这些竹枝词，登临吊古之什居多，记事怀人颇佳，不徒备历下掌故，亦能记泉城风土人情。加之济南历来多慷慨悲歌之士，闺阁才女不乏其人，故而这些竹枝词中，时而豪放，时而婉约，苍苍莽莽；风流蕴藉，含英咀华，余音缥缈绕梁。更让人耳目一新的是，三位竹枝词作者，为了让自己的作品在民间广为流传，每首诗作前后，都加了详细的文言说明和掌故考证。比如，王向春的《趵突泉》："嗟余六月移家远，总为斯泉一系情。味沁肝脾声沁耳，看山双眼也添明。"虽然词本身只有二十八个字，其尾注却是一片脍炙人口的散文："一名瀑流，平地涌高或至数尺，盖泺水之源也。鲁桓公十有八年，公及齐侯会于泺，则此泉在春秋已显。至晋、唐，名贤题咏最多，今片石无存。即宋代苏、曾、赵、晁诸刻亦尽，况其远乎！李、杜既憩历亭，游鹊湖，岂无诗及此？余游而伤之。又思：泉过奇胜，何须标榜？人以为惊风雨、泣鬼神之句，自泉灵视之，正堪渍泼洗去耳！"如此这般，三百竹枝词，篇篇皆然，北秀南能，百花争艳，细心读之，无不得其妙谛，如临历下耳。

五

造物主在成就一座城市的特点时，对平衡术的讲究总是天衣无缝的，负阴抱阳，刚柔相济，宛如一棵树上的枝杈与叶脉，左边出一枝，右边必然有一枝与之相对。有咆哮的黄河擦身而过，就有澄澈碧透的趵突泉汨汨涌流；有以慷慨赴死著称的英雄山，就有风景秀丽、柔媚无比的灵岩山；有户户垂柳的婀娜多姿，就有顶天立地的苍松翠柏。这就是济南的风景，这就是济南的性格。这性格甚至会集中到一个人的身上，让她在成为某一领域标志的时候，同时兼顾到与之相对应的另一面：比如李清照，大概没有任何人不承认她是婉约派的代表和化身，但气质和灵感眷顾了她，让她于寻寻觅觅凄凄惨惨的感情世界里，忽一声拔地而起，放开嗓门做了一次一吐为快的人生浪吟：

"生当为人杰，死亦为鬼雄。
至今思项羽，不肯过江东！"

　　而以豪放派代表人物著称的辛稼轩，又何尝不是在占尽豪放美誉的同时，留下许多让人缠绵悱恻的婉约之作。这位曾经"醉里挑灯看剑，梦回吹角连营。八百里分麾下炙，五十弦翻塞外声。沙场秋点兵"的济南汉子，却也有"东风夜放花千树，更吹落，星如雨。宝马雕车香满路。凤箫声动，玉壶光转，一夜鱼龙舞。蛾儿雪柳黄金缕，笑语盈盈暗香去。众里寻他千百度，蓦然回首，那人却在，灯火阑珊处（《青玉案·元夕》）"的动情吟咏。看吧，在灯火辉煌、歌舞腾欢的元宵之夜，花千树，星如雨，玉壶转，鱼龙舞。满城张灯结彩，盛况空前。观灯的人有的乘坐香车宝马而来，也有头插蛾儿、雪柳的女子结伴而来。在倾城狂欢之中，词人却置意于观灯之夜，与意中人密约会晤，久望不至，猛见那人却在灯火阑珊处。构思何等新颖，语言何等工巧，真可谓曲折含蓄，余味不尽。你能说这位豪放的词人不懂得婉约吗？让我说，正是因为作者具备大爱的情怀，才能在他的文武生涯中尽显豪放之态。从这个意义上讲，婉约和豪放，原本就是一对在爱的母体中同时孕育的孪生姐弟。而作为承载了婉约和豪放两种文化气质的古城济南，又何尝不是一株集婉约与豪放于一身的大树！

　　一谈到豪放，许多人都会情不自禁地想到饮酒。想到饮酒，又会情不自禁地想到山东人。自从有了一部《水浒传》，和那一群"大碗喝酒、大块吃肉、大秤分金银"的梁山好汉，能喝酒几乎成了山东人的代名词。就在我写作这篇散文的乙未年春节期间，一家网站进行的"哪里的人最能喝酒"调查中，又把山东人推上榜首。尽管如此，我对于把饮酒与豪放画等号的理解还是不能苟同。这不仅因为我本身不大介入聚众狂饮、大呼小叫的场合，更重要的是，据我的观察，济南人多数在饮酒问题上比较理智且又能自我节制。当然，这并不排除偶尔会有醉酒哭天的浪荡鬼出现在被众人围观的街头闹市，也不鲜见耍着酒疯与老婆吵架的受气包，在街坊邻居的指责与劝说中挥舞拳头。但从总体上看，济南人不管是饮酒时的豪放，还是日常生活中的豪放，最讲究的是值还是不值。如果值，情理到处，热血沸腾，一饮而尽又何妨？君不见"少年痛饮，忆向吴江醒"的辛弃疾，与酒的关系多么密切——他忽而"醉扶怪石看飞泉"，忽而"醉里挑灯看剑"，忽而"醉中浑不记"。但是，人家那是受一腔爱国情怀的鼓荡，心里想的是"梦回吹角连营"，是"马作的卢飞快，弓如霹雳弦惊"，是为国捐躯的战场。真正的智者，纵然平日里豪放慷慨、高谈阔论，甚至许多时候会拍案而起，但一旦需要，他含威不露、藏锋卖萌，那或婉约或驯顺或圆滑或机智，济南人是绝对能担当起由豪放转而婉约的角色的。当辛弃疾告别战场，把生存的根基移居到如画的江南，融融的阳刚之气便很快融化了这位山东汉子的豪放与率直，顷刻间变得委婉而简约。请看他的《清平乐·村居》："茅檐低小，溪上青青草。醉里吴音相媚好，白发谁家翁媪？大儿锄豆溪东，中儿正织鸡笼。最喜小儿无赖，溪头卧剥莲蓬。"这是何等婉约！济南人就是这样善于根据变化了的境遇及时进行角色转换。

再讲一个戒酒驱倭寇的故事。1937 年 7 月，当日寇的铁蹄闯进我美丽的家园，和所有的中国人一样，居住在济南趵突泉边上的回族人，立即举起了义愤填膺的铁拳。他们多是祖祖辈辈在杆石桥一带做勤行、摆地摊混穷日子的。有几个青年人由于长期思想苦闷，沾染上饮酒的习俗，甚至不顾回族人禁止饮酒的忌讳，经常喝得醉醺醺。谁想到，当抗日战争一爆发，这些在许多人眼里不成器的汉子，竟然快刀斩乱麻般地把酒戒了。与此同时，组织了一支由 59 名回族汉子组成的抗日武装队伍，于 1937 年 11 月 27 日——当年开斋节前的盖德尔夜，在清真寺礼完拜，即坐上了到汉口投军的火车。就是这支队伍，后来成了广西柳州黄埔军校第六分校回民学员大队的骨干，毕业后被分配到全国各个战场，大都实现了为国捐躯的誓言。2013 年 9 月，我去采访仅存的 4 位抗战老兵的时候，他们中年龄最小的崔圣武先生也已 92 岁。老人虽然步履有些蹒跚，精神却依旧矍铄。那一刻，老人对我们的唯一要求，是让我们给他拍一张在五星红旗下敬礼的照片。我被这个崇高而又简洁的要求感动了。按动快门的刹那间，我看到了一座城市的豪放与婉约。

（原载于《人民文学》2015 年特刊）

茶卡盐湖纪行

  汽车经过青海省乌兰县某个村子的时候，路旁有儿童用不锈钢小碗接着从天而降的雪花，让我想起了"银碗盛白雪"的老话。车行向前，上至半山腰，一开始稀稀落落的雪花已经变成又大又密的风搅雪。不一会儿，连绵起伏的群山就白了头。这比川剧变脸来得还快的天象，让我这年逾古稀的老汉第一次见到了"六月雪"。还好，大雪下了40分钟左右就停下来了，但暑天的雪花却成了人们议论的话题。随行的小刘是当地人，他告诉我们，在乌兰县，这样的天象是常有的。尤其是翻越完颜通山的时候，常常有盛夏飘雪的情况发生，这座高山海拔3000多米，层峦叠嶂，岭岭相连。而翻过这座高山，离我们此行的目的地——茶卡盐湖就不远了。

  "茶卡"在藏语里是盐池、青盐之海的意思。古往今来，这里以盛产"大青盐"而闻名。相传，远古时期的茶卡遍地是金银珠宝，山神魔怪为了抢夺财宝，连年发动战争，百姓苦不堪言。天上的西王母得知此事，顿生怜悯之心，就下令天上的司水之神开闸放水，将大量财宝埋于水下，并派了1000名仙女日夜看守。

从此，东西长 15.8 公里，南北宽 9.2 公里，总面积 105 平方公里的盐湖，宛如晶莹剔透的羊脂玉宝石，镶嵌在美丽的茶卡。

茶卡独特的盐湖风光每年都吸引着来自国内外的游客，成为生态旅游与工业观光的新型景区。游人到了这里，大概也受了神话传说的影响，想做一回人间仙人，他们或仰或卧，或拥抱或亲吻，或拍照或录像，玩得好不快活。尤其是每年的农历五月十五，是牧民的祭湖日，结伴而来的人们带着松枝、酥油、炒面，到湖畔祈祷祭祀。穿着亮丽的牧民簇拥到湖边，搭起帐篷或支好毡房，远远望去，像洁白的雪莲花盛开在草原上。长袖善舞的姑娘们总爱摘下自己的头饰或围巾，摆一个漂亮的姿势，拍照留念。此时此刻，不少游客也纷纷举起手中的"长枪短炮"，留下这毕生难忘的瞬间。

在这银装素裹的茶卡盐湖，路是白色的，堤坝是白色的，各种造型独特的盐雕也是白色的。沿着堤坝前行，可以参观小岛上的盐雕群像，也可以坐上小火车到达盐湖中心。沿途既可以观赏小路两旁的风景，也可以在适当的位置下来，挽起裤腿，下到浓度极高的湖水里，体验一下盐水浴的乐趣。

湖水盐分浓度虽高，一眼望去却十分清澈。辽阔的水面绵延到远处，仿佛和天边的云彩混合在了一起，若隐若现，让人赏心悦目。望着眼前的美景，我不由自主地举起相机，拍下几张照片。没想到仔细查看照片，却发现了一个神奇现象——这些照片无论正看还是倒看，根本分不清哪个是湖里倒影，哪个是真正的本体！茶卡盐湖仿佛一面巨大的平面镜，把天空的云朵都捕进这片镜子里，让人云里雾里，傻傻分不清楚，难怪这里被人们称为

"天空之镜"。

如果说白天的茶卡盐湖是个活泼的小女孩，那么黄昏的茶卡盐湖就是个亭亭玉立的少女。夕阳西下，落日的余晖染红了天边的云霞，光线洒在湖面上，荡起层层光的波浪。等太阳徐徐落到水面与天空交接处，云霞也缓缓被黛色的云霭代替。此时，月亮出来了，可太阳的余晖却还未褪去，于是太阳和月亮便同时出现在湖面上，这是多么神奇的一幕！大自然的美丽奇观着实令人惊叹！

茶卡一日，让我经历了一次有别于许多风景名胜的旅行。这里没有高楼大厦，没有灯红酒绿，没有矫揉造作，一切全是自然，就连上了岁数的人，都想在晶莹剔透的盐路上随意找一处开阔地，摆一个"pose"、留一张倩影。那一刻，所有人都觉得自己越活越年轻啦。

（原载于《人民政协报》2023 年 11 月 20 日）

三过库布齐沙漠

　　从被称为"塞上江南"的宁夏川走来，过了石嘴山市，进入内蒙古磴口县的三盛公水利枢纽，仙境般的后河套平原便展现在眼前。再往前走，穿过巴彦淖尔市，就要进入长达 800 公里的库布齐沙漠了。要穿越库布齐沙漠，必须有充分的思想准备和必要的物资储备。否则，一旦赶上复杂天气抑或车辆故障，都会给旅途带来极大的麻烦。

　　这已经是我第三次穿越库布齐沙漠了。

　　50 多年前，我还是一名解放军战士时，就曾跟随千里野营拉练的队伍在库布齐沙漠进行过一次冬季实弹射击的长途奔袭。沙漠中，凛冽的寒风卷着遮天蔽日的沙尘，把原本空旷的高原充填得宛如天地初开般混沌。我清楚地记得，当时炊事班在有篷布遮挡的汽车里做饭，可做熟的饭菜却不敢揭锅，因为一掀锅盖，白白的大米饭就会被蒙上一层黄沙。此后的很长一段时间里，每每听到人们对沙尘暴的"讨伐"，我都会从内心深处闪过一丝"不屑"：见过库布齐沙漠里的沙尘暴吗？那才叫天地昏暗、欲逃无路呢。

2017 年 8 月，应中国网邀请，我有幸参加了"保护黄河万里直播行动"，完成从山东省东营市垦利区黄河入海口到青海省玛多县 5000 多公里的黄河沿岸直播活动。那一次，是我第二次穿越库布齐沙漠。

那时，库布齐沙漠的沙荒治理已初见成效。尽管浩瀚的大漠仍然沙荒肆虐，但已有零零星星的绿色出现在人们的视野中——清水河县、鄂尔多斯、银肯塔拉沙漠等地，都能看到绿色的植被在风沙中摇曳。尤其是位于内蒙古达拉特旗境内库布齐沙漠东端的银肯响沙湾。以前，这里以风吹过沙漠的"嗡嗡"声闻名；现在，骆驼刺、苦豆、沙棘、沙打旺等耐旱植物已经在这里扎根。这也告诉人们：沙荒是可以治理的，灾害是可以战胜的。

党的十八大以来，以习近平同志为核心的党中央把生态文明建设摆在全局工作的突出位置，全面加强生态文明建设，提出了对山水林田湖草沙实施一体化保护和系统治理的方案。不久前，习近平总书记到内蒙古自治区巴彦淖尔市考察时，主持召开了加强荒漠化综合防治和推进"三北"等重点生态工程建设座谈会，强调要勇担使命、不畏艰辛、久久为功，努力创造新时代中国防沙治沙新奇迹。为此，我也决定再走一次库布齐沙漠，看一看 6 年之后这里又发生了怎样的变化。

再见库布齐，变化真是太大了！这片曾经让人发愁的大漠，不仅有了成片的绿洲，而且有了成片的钻天杨。一棵棵挺拔的杨树成了库布齐沙漠、乌梁素海流域锁住滚滚黄沙的绿色卫士。公路两旁，每隔一段就有一座引黄机井，为荒漠中的绿洲提供水源。临河区国营新华林场坚持植树造林数十年如一日，已经成功造林 3.9 万亩，让人们看到了荒漠绿化的光明前景。愚公移山，功在不舍。成片的绿色正在义无反顾地上演着由"沙进人退"向"绿进沙退"的历史性转变。

半个世纪里，三过库布齐沙漠，让我经历了这片大漠的前世今生，也让我看到了它的美好未来。抚今追昔，感慨万千。走在林荫初成的高速公路上，面对库布齐沙漠经过沙荒治理发生的巨大变化，我的泪水不止一次充满了眼窝。我想起旧时晋陕蒙一带的民歌里，有一首叫作《泪蛋蛋抛在沙蒿蒿林》。如果是在以前的库布齐沙漠，怕是连一片抛洒泪蛋蛋的沙蒿蒿林也难寻。可如今，这里不仅有了沙蒿蒿林，而且有了新的绿洲。我的泪珠洒在这片绿洲上，愿它能变成一泓清泉，共同浇灌大漠的绿色。

（原载于《人民政协报》2023 年 7 月 3 日）

初秋走宁夏　歌中看变化

　　11 年前，我曾两次到宁夏吴忠，就某经济建设项目进行考察。当时公务在身，并没觉得这地方有什么奇异和特别。不久前，我和家里的亲戚一起再次来到这里，突然发现吴忠太美了！不仅有"口福"，能大口大口地吃手抓羊肉和风味独特的臊子面，更有"眼福"看看这塞上江南米粮川。

　　在这个纨扇初藏、枸杞染红、水稻飘金的时节来到吴忠，只要把心静下来，看哪里哪里出彩，望哪厢哪厢亮眼。我站在吴忠市青铜峡黄河楼上，举目四望：果然是塞上江南，好一派壮丽景色！黄河滚滚，稻海泛金，锦鲤跃金，滩羊撒欢，熟透了的玉米大田承载着农民的喜悦，随着脚下的黄河向前逶迤，真的是"人在画中游，画在人心留"！

　　独具特色的民族风情，是宁夏川又一道风景线。

　　若干年前，我在吴忠市遇到了一位被当地群众称作"西部百灵"的回族歌手马晓燕，她清脆的歌喉浸润了黄河两岸的农家院，她欢快的"花儿"唱红了贺兰山。一晃多年过去，我很想再听听她的歌唱。虽然这次她没能亲自到场，我只能根据她提供的信息在网络上找她演唱的几首歌曲。但让我没有想到的是，如今的马晓燕在继续唱好她最拿手的传统"花儿"的同时，还增加了许多反映宁夏各族儿女团结在党和政府周围，共圆中国梦的主旋律歌曲。如《我的吴忠我的梦》《走上幸福大道》等，完整准确地体现了中华民族共同体意识。

听着马晓燕的演唱，和我一起来的侄媳妇也受到感染。她说："我虽然不如人家马老师唱得好，可是我们宁夏人如今唱歌和跳广场舞就是家常便饭。"我说，你也唱一首嘛。她接过我的话头，唱了一曲《走咧走咧去宁夏》的"花儿"。听着那脍炙人口的唱词，我意识到，如今的宁夏人，不分男女、不分民族、不分老少，都有了一个爱祖国、爱领袖、爱社会主义的共同心愿。85岁的大嫂也赞成我的说法。她说："咱们这个年龄的人，经历了那么多的风风雨雨，回过头去想一想，咱们算是赶上了好时候，特别是当下，国家兴旺、民族团结、百姓小康，活着就是舒心。"

走了一趟宁夏，看到这些润物无声的细微变化，我深深地感到，如今，人们都树立了中华民族共同体意识，民族团结、国家兴旺发达就有了坚实的基础。宁夏民族团结的实践，不仅是社会治理主体多元化的一个生动写照，更是党的民族宗教政策在社会治理实践中取得成功的有力佐证。

（原载于《人民政协报》2022 年 9 月 26 日）

中秋那轮明月

没有月色的中秋节之夜，空中下着小雨，轮到我站岗时，小雨落在地上结成"地皮甲"，身上有一些清冷……这是50多年前，我在塞外高原一个阵地上野营拉练时的记忆。那时的气候不像现在这么温柔，中秋节下"地皮甲"并不罕见。无怪乎古人会发出"秋之为气，悲也"的叹息，应当是与北国秋来寒霜早降的状况有关。

我不惧怕寒冷，却最怕农历八月十五看不到月亮。是贪恋它的皎洁与温柔？还是看着那奖章般的巨大白玉盘能带给人们某种荣耀幸福的享受与向往？抑或寄托某种思乡的情绪？恐怕都有。但更多的，还是喜爱它带给人们的那种团圆感和吉祥感。

所谓"每逢佳节倍思亲"。无论身在何地，我总是思念着故乡，思念着父母，思念着面朝黄土背朝天的父老乡亲。这样想着想着，一首短诗便涌上心头：

最该有月亮的夜晚
月亮休息了

塞外高原的旷野上

我持枪站岗

守卫着祖国的安详

也守卫着睡着了的月亮

祖国啊

你交给我

灯多少盏

星多少颗

多少父母的欢笑

多少团圆的酒歌

掂一掂肩头的钢枪

我看到了天上的月亮……

　　这样慢慢地吟咏着，身上仿佛慢慢增加了热量，也不再觉得寒气袭人。像那落地不久便慢慢融化开去的"地皮甲"，我心中的孤独也慢慢融化。后来，我转业回到故乡，每逢中秋佳节，都会情不自禁地想起那个没有月亮的夜晚。一想到对天心月圆的期待，仿佛那轮皎洁便会从《玉台新咏》的文辞里、从宗教信仰对月亮的崇拜中、从嫦娥奔月的神话里走出来，将圣洁的清辉洒向人间。

　　月亮，它对于质朴勤劳的中国人民是多么重要啊。从历史传承的角度看，中秋节属于农耕文明的范畴。春种秋收，从风沙满天的初春播撒种子，到此时此刻的漫山遍野一片金黄，成熟的香甜满溢在凉爽清新的空气中。秋收冬藏的序幕已经拉开，面对着嘉禾登场的喜悦，人们多么希望在花好月圆之夜，能有一轮又大又圆的明月悬在中天，与人们庆祝丰收年景时载歌载舞的释放感交融在一起。"吴儿踏歌女起舞，但道快乐无所苦"，该是多么心旷神怡！

如今，中秋望月，除了对传统的继承，人们更是有了前无古人的期待。以前说嫦娥奔月，无非是对充满着科幻精神的神话的遐想，尽管"碧海青天夜夜心"，却不能与人共语。但现在，我们的火箭不仅把男儿送入太空，就连女儿家也不例外，成了太空的常客。

我想，随着人们对浩瀚宇宙的不断探索，有生命存在的星球，总有一天会被发现。到那时，人类乘坐更加先进的航天飞行器，像如今在陆地探亲访友一样，带一壶桂花酒、一壶中国茶、一包中华月饼，相邀新的星球上的朋友，畅叙友情。还可以手挽手到嫦娥居住的广寒宫里一坐，让嫦娥不再寂寞，让吴刚的桂花酒香飘宇宙。那时，我定然会用一块崭新的红绸布，把月球这个白玉盘擦掸得更美更亮，擦拭掉遮月的云彩，让欢度中秋的人们尽情地享受这轮明月。

（原载于《人民政协报》2022 年 9 月 19 日）

鲜花盛开的喀喇沁

花儿是有颜色的，赤橙黄绿青蓝紫，五光十色，多彩纷呈，斑斓多姿……形容花儿美丽的词汇太多了。但是，再多的形容词，也比不上人们走进心旷神怡的花圃现场所带来的冲击力。尤其是在因为自然条件限制不可能大面积种花的地方，如果突然间发现不仅家家户户院里院外都养花种草，就连田间也是一片接一片的花团锦簇，就更出人意料，让人喜不自胜了。

最近，我就亲历了这么一次在预料之外，又在情理之中的喜出望外。

50 多年前，我在内蒙古草原当兵。说起我对大漠的印象，始终离不开王维的那首"大漠孤烟直，长河落日圆"。塞外高原留给我的那种一到隆冬季节就风沙漫漫、浑天蔽日的感觉太强烈了。以至于几十年过去了，一提到内蒙古，尤其是内蒙古的寒冬，我就不寒而栗，更不敢把这样的天气条件和百姓在大田里种花、家家户户都养花联系起来。然而，不久前在内蒙古自治区喀喇沁旗的一次乡村振兴调研，把我脑子里尘封了半个多世纪的记忆彻底打了个底朝天——在这里，花，不仅是美化生活的点缀，更成了百姓生存的一种资源。

喀喇沁旗是一个以山地为主的地区，50年前，这里山穷地薄，群众生活困难。然而，如今这里的森林覆盖率已达到92%以上。绿树掩映中的村庄房新院美，用乡亲们自己的话说："新房屋，绿化树，花开富贵人显酷。"如此这般的生活环境，不养几盆花简直对不起这么好的日子。于是，人们开始养花，兰花、西番莲、千头菊……之后又开始种植药材，全旗逐步形成以牛营子等几个乡镇为主的药材种植区。尤其是北沙参、桔梗等几个品种，发展得相当迅速，成为全国极具影响力的品种。

桔梗是药食同源的中药材，韩国、日本等一些国家每年腌制酸菜都离不开它。喀喇沁旗生产的桔梗就成为出口日本的首选。药农们把收下的桔梗送到工厂加工包装后，便立即装车出口。仅牛营子镇，每年出口韩国、日本的桔梗就有10万吨之多。

桔梗自每年5月底播种，9月初收获，期间大部分时间都开着让人亮眼的蓝色花朵。走进七八月的桔梗田，嗅着桔梗甘甜的花香，看着漂亮养眼的蓝色花海，心底便生出坠入花丛的陶醉感。与几位农民兄弟谈起来，他们都说种植药材一般每亩土地可以纯收入9000元到1万元。一位骑着摩托车的年轻人看我和几位老人谈得火热，也好奇地凑过来。老人们看见笑起来，指着他说，他的收入就挺多。小伙子也不掩饰，说自家种了20多亩药材，平时土地交给他人管理，自己就外出打工。种植收获期忙不过来的时候，就利用休假日回来帮几天忙。这样下来，每年除了打工的收入，药材种植的纯收入就在20万元以上。

花儿的芳香吸引着嗡嗡嘤嘤的蜜蜂前来采蜜。喀喇沁旗的美丽，也让更多的人才更加青睐这片热土。在牛家营中药加工厂的产品质量化验室，我同两位年轻的大学生进行了交谈。他们告诉我，在工厂的 11 位化验人员当中，有 10 位是大学本科毕业，还有一位是高职院校毕业。

与这些专业技术人员一样，去年以来，喀喇沁旗党委从乡村振兴的实际需要出发，为全旗所有村庄招录了大学生"村官"。马鞍山村的"村官"马妍，就是一位毕业于天津工业大学的硕士研究生。她大学毕业之后，先是到贵州支教 3 年，然后又选择回到家乡当"村官"。在这里，她以党务工作者的身份，配合旗林业局职工积极参加山林绿化和村容村貌的改造。如今，马鞍山村看山山绿，看村村美，受到了群众的好评。

花儿富了农家，农家更爱养花，于是便有了喀喇沁村寨美如画的风景线，便有了家花儿与药花儿同芳，院落与大田齐秀的美丽景色。花儿遍地开，遍地都是花儿。花团锦簇中的人儿，也都被花儿浸润得年轻了。走了一趟喀喇沁，我觉得自己也变得年轻了。

（原载于《人民政协报》2022 年 8 月 29 日）

甜蜜的"菠萝的海"

　　菠萝，35万亩，多么壮观的场面！放眼望去，简直就是一片菠萝的海洋，怪不得当地人不无自豪地把这片土地称为"菠萝的海"！沃野菠萝香，风景美如画。面对这片菠萝销售量占全国三分之一的特色农田，除了发自内心地赞叹它当之无愧的规模经营，最直接的便是被味觉撞击舌底生出的津液——面对如此浩瀚的"菠萝的海"，怎能忽视它的甜蜜？

　　中国最大的菠萝生产基地，承载着全国每3个菠萝就有1个来自广东省徐闻县的现实。站在高高的观景台上，朝着无边无际的丘陵山野上望去，那起起伏伏、色彩斑斓的菠萝田，就像一眼望不到边的大海，构成了这片中国最为壮美的菠萝种植景观带。更让人惊叹不已的是，这里居然还有一趟独具特色、全国唯一的菠萝专列，每天运出的菠萝达上千吨。

　　徐闻菠萝的种植一般集中在7—9月，第二年2—4月上市。清明节前后是徐闻菠萝收获旺季，每天上市的菠萝将近5000吨。在春光明媚的时节，随便走上一块田间地头，立马就会陶醉在那飘着淡淡清香的菠萝甜味之中。此时此刻，举目望去，菠萝覆盖下的红土地，绿的秧、黄的实，仿佛上天给这片土地铺就了硕大无朋的彩色锦缎，真想伸开臂膀，做一次无拘无束的深呼吸，把天赐的真美和甜蜜拥入怀里。

徐闻的曲界镇是中国菠萝生产第一镇，是菠萝地理标志产品保护地，"菠萝的海"最美的风景也在曲界镇。"曲山曲水"加上漫山遍野的菠萝，形成了"菠萝的海"最迷人的地方。这里有三个地方值得一走：一是风车下的"菠萝的海"；二是曲界镇往锦和镇路上的"菠萝的海"；三是曲界镇往下洋镇路段的"菠萝的海"。当地的朋友告诉我，每年10月到11月也是值得来徐闻的季节。这个时候是菠萝刚刚种植，"菠萝的海"此时会换上一年中色彩最斑斓的外衣。取一些美景，照一缕阳光，吹一半海风，度一段时光，好不怡人。

徐闻虽然只是个县城，却有中国绝美的海岸线。这里水清沙白，看到棕榈树下那头戴斗笠的果农与满车的菠萝，会让人以为到了东南亚。这也让我想起30年前第一次到徐闻，那时候的我从海南岛乘船到徐闻，一上岸就被一群从事帮人挑担子运输货物的"棒棒"围住，一块钱就可以把我的行李送到汽车站。如今，农民种菠萝发了财，很多人都有了自己的公司，日子越过越好。

能在一片凸凹不平的丘陵地带种植出如此规模的菠萝，除了大自然的恩赐，也与徐闻人发展高效农业的商品意识有着分不开的渊源。早在20世纪50年代，这里就有菠萝种植，但是规模不大，效益不佳，是改革开放后的市场经济，打开了徐闻菠萝生产的大门。

而徐闻现在的菠萝生产之所以能形成规模，始终与湛江农垦系统的农业开发紧密相连。如果没有农垦系统的科研开发，就没有如今的好局面。特别是近些年，为全面推进乡村振兴，发展乡村产业，在广东省农业农村厅的指导下，徐闻县大力推进农产品市场体系建设，以大数据指导生产引导菠萝销售，把巨大的产量和广阔的销区市场有效地衔接起来，实时显示订单量、精确摸透产区数据、全年趋势图指导销售，使徐闻菠萝大数据平台赋能整个产业链，发挥出"纲举目张"的作用。

广东菠萝的海集团的"菠萝产销对接大数据平台"是市场体系建设的重要实践之一。据公司副总经理介绍，该平台于2019年开发并完善至今，其中"菠萝交易网"产销大数据涵盖农户数据15713个、全国水果市场档口数据10576个、全网水果电商数据4486个。徐闻菠萝大数据平台以行情图为抓手，让农民多挣，让消费者少花，加快信息共享，打通了菠萝产销对接通道。

数字农业探索，为整个产业链带来了更多红利。为了提高菠萝销售的效益，徐闻还上线了全国首台菠萝自动品控分拣机。他们紧紧牵住大数据平台这个牛鼻子，每日关注行情动态，借助历史行情综合研判菠萝市场走向，推动产业升级。运用大数据，不仅有效地提高了徐闻菠萝产业生产精准化、智能化水平，更推进了农业资源利用方式转变，让农民越来越富裕。

（原载于《人民政协报》2022年8月22日）

雷州半岛的剑麻

伏天，在黄河冲积平原上，常常可以看到盛开白花的剑麻，引来观众的啧啧称赞。的确，如果仅仅把剑麻作为观赏植物，光看它洁白漂亮的花朵，着实让人养眼。但不同的人拥有不同的审美视角，除了花朵，还有人会从它那长而坚硬锋利的叶柄，联想到冷兵器的凛凛杀气和战场上的当仁不让。因此，当我站在田间地头，看到齐刷刷的"剑锋"昂首向天的宏伟气势时，胸间便升腾出一股浩然正气充盈天地的感觉。然而，无论是美丽的花朵还是肃杀的叶柄，都不是农民兄弟种植剑麻的初衷。在他们眼里，在大田里规模种植剑麻，都只是将它看作为一种经济作物，为了收获一年的生计。

不久前，在广东省徐闻县，我第一次见识了规模种植剑麻，并听到了人们对这一作物的介绍。

剑麻为龙舌兰科植物，是一种多年生热带硬质叶纤维的作物，其原产墨西哥，现主要在非洲、拉丁美洲、亚洲等地种植，是当今世界用量最大、范围最广的一种硬质纤维。剑麻叶片内含丰富的纤维，纤维细胞呈长形，细胞腔大而长，壁厚，具有纤维长、色泽洁白、质地坚韧、富有弹性、拉力强的特点，能制出耐摩擦、耐酸碱、耐腐蚀和不易打滑等特点的众多产品，并广泛应用于渔业、航海、工矿、运输、油田以及军事方面上。由于它耐摩擦和耐海浸的特点，用于制绳、结网、织毯及舰船缆绳等是非常理想的。短乱纤维作絮垫和填料，叶汁提取蛋白酶皂素等，都能物尽其用。

剑麻喜温耐旱，适于热带、亚热带广大地区栽培。我国剑麻主要分布在广东雷州半岛、广西部分地区及海南岛。朋友告诉我，徐闻县的剑麻生产已经发展到 6 万多亩，成为这个县农业经济重要的组成部分和新的经济支柱。剑麻是多年生草本植物，一年种植，多年受益。一般种植后两年左右，单株叶片长度可达 80 厘米到 1 米，达到这个水平即可开割。

作为生长期 10 年以上的作物，剑麻减少了种植环节的麻烦，但田间管理和修整就变得重要。一位农民朋友告诉我，剑麻每年可长出 56 个片叶，一生可长 600 多片叶。截至 2019 年上半年，雷州半岛地区剑麻的种植总面积已达到 6.9 万亩，收割鲜麻片产量 200 多万吨，产值达 5 亿元。另外，现在剑麻制品正朝着精细化方向发展，其深加工也大有可为，可制成优质墙纸、剑麻布、抛光轮、剑麻地毯、工艺品等。剑麻加工的副产品还可以用于制药和生产沼气发电。

农民经营剑麻，一般可控制在 10 年左右，好的麻农能控制到十二三年，之后剑麻开花，就不能再产麻了。产麻期结束后，其根茎中的汁液还是很好的酿酒原料。据国际硬质纤维组织预测，21 世纪，全球剑麻消费将以每年 10% ~ 15% 的速度增长，剑麻产业已成了名副其实的朝阳产业。

据了解，目前，我国的剑麻制品已形成上百个系列、几百个品种的产品，如传统的绳索产品及部分细纱、剑麻抛光布，在国际上都有着良好的声誉。另外，人们还研究出剑麻含有一种叫作剑麻皂素的物质，它堪称剑麻的"精华素"。眼下，除了剑麻皂素合成生物药品项目已经展开外，剑麻纤维绝缘纸生产也已在研究和动议之中。

一个新的植物品种的成长，就像褴褓里的婴儿，需要一个成长壮大的过程，就像新中国成立初期，我们从一个橡胶奇缺的国家成为一个橡胶大国一样，剑麻生产也将随着对它的科研开发和市场拓展，走出一片柳暗花明的崭新天地。海阔凭鱼跃，天高任鸟飞，剑麻产业必将作为一个大有作为的领域跻身于经济作物的行列。

望着剑拔弩张的大片剑麻田，我感觉到了一种春笋顶起顽石扶摇直上的生长欲，它拔地而起，以无所畏惧的青葱色泽，给人注入了一种"刺破青天锷未残"的力量。

（原载于《人民政协报》2022 年 8 月 15 日）

嫣嫣榴花笑金风

石榴这种植物，春来嫩叶葳蕤，充满生机，夏季红花照眼，美颜送芳，秋来笑口常开，籽实嫣嫣，即便到了冬天，那寒风中长长的枝条，也是风大随风，雪大随雪，上演着与生俱来的婀娜多姿和不畏强暴。

石榴树是佳木，石榴果是益果，石榴花更是有五月花神的美誉。单就石榴花来说，它不仅有美好诱人的花语，而且上能入大雅，下能进寒门。富贵人家种几棵石榴，春风一起，就显得生机勃勃。古人用"五月榴花照眼明"的诗句来赞扬石榴花，既形象又贴切，真可谓恰到好处。即使是家境不太优越的寻常人家，居家院子里开一树红花，也寓意着红红火火和富贵。

有史料记载，石榴由汉代的张骞从西域引入中原。那时，张骞是不是也被这火焰般的花色所吸引，将其看作富贵之花，所以才将它带回汉地？在我的印象中，妇女在纺布和农忙育种时，也会用到石榴花，因为它寓意着吉祥。例如，我们山东鲁北平原，女人穿的裙子、绣花鞋，都有石榴花的图案。衡量女娃的针线女红手工，也是看她们绣制石榴花的图案和手艺。

石榴花象征着幸运。人们将石榴花放置在一盆清水或井水中，称之为红花水。在清扫房间时，将其喷洒在房内四周，认为可以去霉运，或者蘸取红花水，洒在人的四肢和头部，即一种洗红花水的礼仪，相信它能带来好运。

石榴花也是美丽的象征，"石榴裙"的来源就与它有关。拜倒在石榴裙下，是广为人知的一句话，与石榴花的花语"成熟的美丽"很是呼应。而石榴裙这个典故，是由北朝古诗句"芙蓉为带石榴裙"发展而来，形容女子在跳舞时，舞动的裙子就像绽放的石榴花那般美丽和迷人。石榴花开放时明快艳丽，远远望去，就像穿着红色裙子在翩翩起舞，有一种成熟的女性美。著名诗人陆游就写过诗句"老子真成兴不浅，榴花折得一枝香"，来表达对于它的喜爱和赞扬。

石榴树除了可以在庭院种植外，还可以作为盆栽植物，放在阳台、窗台或室内，具有较高的观赏价值。山东省枣庄市峄城区，是我国著名的石榴产区，五月时节，榴花盛开，举目望去，万亩榴花一片嫣红。去年秋季，我站在峄城万亩石榴园的"一望亭"抬眼望去，只见王庄乡、棠阴乡全长17.5公里的山峦丘陵上结满了石榴。又大又圆的石榴像笑口常开的女子，吐露着珍珠般的籽实，含情脉脉，嫣嫣欲语。近20年来，峄城兴起了栽植石榴盆景的养殖，如果能获得一盆峄城的石榴花盆景，便能欣赏四季花景。

石榴花这样好，结出的果实也必然是佳果。在民间，石榴象征着子孙满堂，这多子多福的寓意，使得在新人婚礼的一些装潢布置上随处可见石榴的身影。新人的幔帐和被褥，也会用石榴作为装饰物，以期未来能够儿孙满堂。记得小时候，年轻人新房里的被褥，尤其是大花被子，多有石榴开口笑的图案，姹紫嫣红的石榴籽紧紧地抱在一起，给新婚之喜的家庭增添说不尽的欢喜气氛。

不仅如此，紧紧地抱在一起的石榴籽还有着团结、亲密的含义。习近平总书记就是从紧紧地抱在一起的石榴籽出发，联想到了我们国家多民族亲如一家、和谐相处的现实，提出了"要像石榴籽一样，紧紧地抱在一起"的民族团结观点。这个形象的比喻，既深入浅出地诠释了中华民族共同体的科学理念，又底气十足地表达了民族团结的客观现实。所以，每当我看到灯笼似的悬挂在绿叶茂密枝头的石榴，就会想到我国 56 个民族鲜花盛开的大花园的场景。我们的民族团结，就是习近平总书记形容的"紧紧抱在一起的石榴籽"。

（原载于《人民政协报》2022 年 2 月 14 日）

葵藿仰日遍地金

近年来，在我国从南到北、从东到西的大片农田里，总有成片成片的向日葵夹杂其中，既像彩车方阵行进中的表演队伍，又像报纸版面里的花边新闻，笑脸灿烂，烁烁跃金，着实夺人眼目。但凡有爱美之心又能停下车子或徒步前往的人，总要深入田间地头，或举起相机立此存照，或躬身下拜，嗅嗅花香，更有喜爱文学的靓男俊女，即兴吟诗作赋，抑或引吭高歌……那情景，就像一篇美文特有的注脚：葵藿仰日遍地金，催开笑脸暖在心。

种葵花，是祖辈相传的习俗，也是我国传统农业的一个习惯。那个时候，宅院的空地、大田的垄沟边、地头的田埂，凡是能"见缝插针"的地方，总有人点种上几棵向日葵，虽然成不了多大气候，但图的是一种喜庆：几株向日葵，高高耸立，托着金盘，向着太阳，人见人爱，花见花开，一种与小农经济极度吻合的自满自足便在人的心灵深处沉淀。虽然解决不了过日子的重大问题，至少可以让孩子们嗑葵花籽嘛。

然而，如今的葵藿种植，已经不再是"房前屋后，种瓜点豆"的思维了，它已经成为农业生产中的一个重要方面，在"粮棉油"这个极为重要的体系中，它成了继花生油、大豆油、菜籽油、棉籽油等油料作物之外的后起之秀，听朋友说，我国葵藿籽产量大约占油料植物的10%。成片播种葵藿，已经是种植业的一个重要组成部分。葵藿比较泼辣，并不需要上好的土地，不占用基本农田，在相对贫瘠的土地上，也能茁壮成长，让土地生金，并且可以逐步改善土壤性质，提高土地质量。去年夏天，路过内蒙古自治区乌兰察布市，不时有成片的向日葵映入眼帘。在卓资县的一片葵花地前停下车，和土地的主人聊起来，他告诉我，如今的葵花种植，不是过去的高秆向日葵，全是矮秆油葵，就是在山岗坡地上，也能茁壮成长。油葵耐旱、抗病、籽粒诚实，既可压榨成食品油，又能制成炒货，供给人们作聊天唠嗑之需。

　　葵花籽油含有甾醇、维生素、亚油酸等多种对人类有益的物质，其中天然维生素 E 含量在所有主要植物油中含量最高，而亚油酸含量可达 70% 左右。葵花籽油能降低血清中胆固醇水平、甘油三酯水平，还有降低血压的作用。并且，葵花籽油清淡透明，烹饪时可以保留食品天然风味，它的烟点也很高，可以免除油烟对人体的危害。精炼后的葵花籽油呈清亮好看的淡黄色或青黄色，气味芬芳纯正。葵花籽油中脂肪酸的构成受气候条件的影响：寒冷地区生产的葵花籽油含油酸 15% 左右，亚油酸 70% 左右；温暖地区生产的葵花籽油含油酸 65% 左右，亚油酸 20% 左右。葵花籽油的人体消化率为 96.5%，它含有丰富的亚油酸，有显著降低胆固醇、防止血管硬化和预防冠心病的作用。另外，葵花籽油中生理活性最强的 a 生育酚的含量比一般植物油高。而且亚油酸含量与维生素 E 含量的比例比较均衡，便于人体吸收利用。所以，葵花籽油是营养价值很高、有益于人体健康的优良食用油。葵花籽油 90% 是不饱和脂肪酸，其中亚油酸占 66% 左右，还含有维生素 E、植物固醇、磷脂、胡萝卜素等营养成分，具有良好的延迟人体细胞衰老、保持青春的功能。经常食用，可以起到强身壮体、延年益寿的作用。葵花籽油中还含有较多的维生素 B_3，对治疗神经衰弱和抑郁症等精神疾病疗效明显。它含有一定量的蛋白质及钾、磷、铁、镁等无机物，对糖尿病、缺铁性贫血病的治疗都很有效，对促进青少年骨骼和牙齿的健康成长具有重要意义。它含有的亚油酸，是人体必需的脂肪酸，有助于人体发育和生理调节，对于防止皮肤干燥及鳞屑肥大也有积极的作用。葵花籽油含有微量的植物醇和磷脂，这两种物质能防止血清胆固醇升高。葵花籽油中含有丰富的胡萝卜素，能降低血清胆固醇的浓度，防止动脉硬化和血管疾病的发生，非常适合高血压患者和中老年人食用。它包含的葡萄糖、蔗糖等营养物质，其发热量也高于豆油、花生油、麻油、玉米油等，每克可产生 9.499 卡热量。其熔点也较低，宜于被人体吸收，吸收率可达 98% 以上。另外，它稍经加热，便会香味浓郁，是除了芝麻油外味道最好的食用油。由于葵花子油富含营养，对人体具有多种保健功能，因此，被誉为"高级营养油"，最近几年在国际市场上畅销不衰，大受青睐。

除了这些长处，葵藿最讨人喜欢的是它带给人们的吉祥如意。葵花向阳，自古以来都是中华民族政通人和的象征。然而，像如今这样大面积种植葵藿的现象，可以说亘古未有。这正是我们欣逢盛世的最好证明。葵藿遍地，大地生金，让我们为这个伟大的新时代引吭高歌。

第三辑

把读书学习作为
毕生的追求

成老的家训

春节前夕，按照惯例，我总要去看望一下老同志。

成师农同志今年 96 岁，是我的老领导。他 1962 年任山东省沾化县委书记处书记，1965 年任山东齐河县委书记。20 世纪 70 年代中期任德州地委委员、秘书长、地委副书记，1983 年 10 月任东营市首任市长，后来又调任聊城市委书记、山东省计划生育委员会主任、山东省政协常委。1993 年离休。

成师农同志在德州工作期间，我作为地委办公室的办事员，得以有机会近距离和他接触，从他身上学到了很多宝贵的思想和工作作风。尤其是他严于律己的道德品质，一直影响着我。这次去看望成老，落座不久，老人家就和我说起了刚刚过去的 2022 年的一点感受。

成老说，我们党和国家能有今天，多亏了习近平总书记的英明领导。为了让全家人学好党的二十大精神，他昼思夜想，给全家人写了一封信，也算是家训吧。

成老一边说着，一边把他给孩子们的这封信拿给我看。只见信中写道：

伟大的人民，伟大的党，伟大的事业，必须有一个集中统一领导起主心骨作用的坚强的党中央。新时代十年来，以习近平同志为核心的党中央团结带领全党全军全国各族人民，以坚定的理想信念，深厚的人民情怀，务实的工作作风，强烈的责任担当，不畏艰险，勇毅前行，进行了许多历史性的变革，取得了一个又一个的历史性伟大成就。例如：

新时代，新思想，新理念；
五位体，四全面，总布局；
高质量，双循环，促发展；
应变局，育新机，化危机；
严治党，强国防，保安全；
攻贫困，抗灾害，建小康；
保卫战，攻坚战，战新冠；
路成网，人方便，物流畅；
二零三，碳达峰，减污染；
天更蓝，山更绿，水更清；
月球车，量子机，望天眼；
北导航，神州船，寻问天；
构共体，讲包容，谋大同；
反单边，反霸凌，争和平。
……

我看了一遍，感到很受教育。一位96岁的老人，终日里念念不忘的，始终是党的兴旺发达，国家的繁荣昌盛，一片忠心，天地可鉴。再就是以成老的年龄，头脑如此清楚，尚能亲自操笔书写家书教育后人，实属难得。

看完之后，我对成老说，您这封家信写得太好啦，能否送我一份，让我们全家也接受一次学习党的二十大精神的再教育。成老愉快地答应了我的要求。回到家中，我和全家人说起这件事，大人孩子都很感动。我觉得成老的书信，既是他们家庭的家训，也是对我们每个共产党员、领导干部和作为后来人的年轻一代的引领，值得大家共同学习。

（原载于《人民政协报》2023 年 2 月 6 日）

"乃粒" 连心

　　《乃粒》是中国古代一部综合性科学技术著作《天工开物》中的一篇文章，记载的是百姓以谷物为食，作者是明代崇祯年间的宋应星。这位驰骋于自然科学和人文科学两大知识领域里的渊博学者，之所以把《乃粒》作为全书的第一章来讲述，源于他对"悠悠万事，饭碗为大"这一颠扑不破真理的认识。

　　由于对《乃粒》一篇印象深刻，每到农作物收获或播种的季节，我总是情不自禁地想到粮食，脑子里总是晃动着"乃粒"两个字的影子。晃来晃去，脑海里便有了金浪翻滚的麦田、稻田，眼睛里便有了一眼望不到边的玉米大田，每一株都长着又大又长的苞米穗子，还有那笑红了脸的高粱、结满了荚的大豆以及各种各样的稻菽稷黍……都是丰收的期盼和喜悦。

　　掂对着"乃粒"二字的分量，我又想到父老乡亲们嘴里常说的一个词："粮食粒子"——对，就是粮食粒子！为了这个粮食粒子，面朝黄土背朝天的农民祖祖辈辈压弯了腿、累折了腰，一代接一代，一辈传一辈，一直把粮食生产当作民生福祉的第一要务。

100 多年前，中国共产党诞生，高举镰刀锤头旗帜的共产党人打土豪、分田地，进行土地革命和土地改革，让人民真正成为土地的主人，让百姓不用再为"粮食粒子"发愁。

如今，人民小康，日子富庶，中国共产党对劳苦大众承诺的初级目标已经实现。但有些人却开始对"粮食粒子"漠然视之，土地管理开始松懈，浪费现象开始滋生。关键时刻，习近平总书记站得高、看得远，提出中国人一定要有自己的饭碗，中国人的饭碗里一定要盛满自己生产的粮食！近年来，从建三江一眼望不到边的稻田，到青藏高原的青稞地，从二、三产业高度发展的江南水乡、岭南明珠，到黄河入海的山东东营，习近平总书记所到之处，不仅反反复复强调中国饭碗的极端重要性，更从土地保护、推进科学技术进步、种植资源的保护与开发、厉行节约反对浪费等所有与粮食生产相关的环节上作出切合实际的重要指示。

"乃粒"连心，与民心共振。这正是中国共产党不忘初心、牢记使命的具体实践。尤其是在当今世界形势瞬息万变的时代背景下，我们学习党的十八大以来习近平总书记对于粮食生产的历次指示，越发体会到他与人民群众的血肉相连。关心人民饭碗，关注粮食粒子，对国情了解得如此清楚，乃国之大幸，民之大幸。不仅 14 亿中国老百姓高兴，就连长眠地下的《天工开物》的作者宋应星、杂交水稻之父袁隆平，以及所有关心"乃粒"的专家学者和天下百姓，也会心笑灵喜。

新麦散清香，"乃粒"福万家。最近，正值麦收时节，电视里播放着习近平总书记在四川地震灾区考察调研时的讲话，其中，又一次强调了农业生产和中国饭碗的极端重要性。悠悠万事，饭碗为大；"乃粒"连心，走遍天下。习近平总书记走到哪里，就把"中国人的饭碗任何时候都要牢牢端在自己手中"讲到哪里。我们每一个人，都应当谨记总书记的谆谆嘱托，从爱惜每一粒粮食做起，竭尽全力把农业生产搞上去，让国家仓廪实、抗风浪，在实现中华民族伟大复兴的中国梦的征途上谱写新辉煌。

（原载于《人民政协报》2022 年 6 月 27 日）

用《天工开物》精神开创未来

2021年春节期间，中央广播电视总台重磅打造的大型文化节目《典籍里的中国》一经亮相，就以强大的思想穿透力和独特的艺术感染力成为现象级爆款，也成功为文化节目的创新树起了新的标杆。其中，给我留下最深印象的，就是讲述17世纪我国卓越的科学家和思想家宋应星所著《天工开物》的一集。

中央民族大学历史文化学院教授蒙曼说："我们中华民族其实是最富有创新精神的民族，古人就讲'周虽旧邦，其命维新''苟日新，日日新，又日新'，创新精神本身就是中华民族最鲜明的特质！"作为中国科学史上最有意义的代表作之一，以及受到国内外各界推崇的世界名著，《天工开物》尤为鲜明地体现出了这种开创精神。

我还记得，第一次接触到"天工开物"这个名词，是在60年前的自然课本里。当时只有一篇短文、一幅白描插图和一条简短的说明。几十年后，我在创作长篇小说《黄河咒》时，其中一个细节需要参考《天工开物·冶铁》中的内容作为技术佐证，这才又让我想起了这部几百年前的名作。

这部堪称我国明代科技百科全书的巨著，记录了大量各行各业使用技术的基础知识。以至于工匠农夫、郎中学子及三教九流，凡是读过这本书的人，无不蹈其蹊而效之。即使在今天，依然有很多人秉承着《天工开物》的精神，积极探索未知领域的秘密，为实现中华民族伟大复兴贡献力量。在我看来，被称为我国杂交水稻之父的袁隆平先生，就是一位宋应星式的探索者。他1961年从湖南安江农业学校的一片试验田里启程，到立志要实现"稻子长得有高粱那么高，穗子有扫帚那么长，籽粒有花生米那么大，每个人都可以在稻穗下乘凉"的梦想，这不正是勇于开拓进取和不断探索的科学精神的体现吗？

《天工开物》的精神，还是一种无私奉献的精神。《天工开物》的序言中，写着一句非常有力量的话——"此书与功名进取毫不相关也"。6次科考落榜的宋应星没有被失意的情绪打倒，而是在数次赶考奔波的所见所闻中，认识到工农业生产的巨大价值。于是，他选择回归自然，专心致志地投入对人类日常生活中须臾不可离开的实用技术和生存技能的记录与研究，走出了一条与当时的读书人不同的追求道路。靠着兄弟和朋友们的支持与鼓励，宋应星把多年走访大江南北了解到的生产方式和工农技术都记载下来，最后写出《天工开物》，通过《乃粒》《舟车》《乃服》《佳兵》等卷，详细地记录了当时社会生活、生产景象的细节。除了文字的再现，宋应星还在书中配以形象生动的白描画，细腻地呈现出当时的劳作情景。晚年回到家乡后，他耕读持家，更是把书中的农业和手工业的技术教授给乡邻，继续福泽百姓。

《天工开物》中所记录和研究的实用技术和生存技能，体现着作者对人类创造精神的尊重与珍惜。从对一根缝衣针的研究，到对每一粒粮食的关注，无不体现着宋应星对民间智慧和劳动人民劳作成果的顶礼尊崇。我国对人类发展有责任感和奉献精神的知识分子，历来都有这样的品格。无论是袁隆平从一束野生稻谷受到启发，开启了培育杂交水稻的神秘之门，还是屠呦呦和她的同事从老百姓点燃青蒿用以驱蚊的场面中受到启发，开始了对青蒿素的研发，都体现了《天工开物》中尊重科技积累和前人经验的精神。

后之视今，亦犹今之视昔。今天，我们之所以提倡用《天工开物》精神审视我们正在进行的中华民族伟大复兴，不仅是一种对我们民族精神的回溯，也是一场满怀自信的告慰。在实现中华民族伟大复兴的关键时期，我们需要这样的庄严仪式：一面回顾自己的历史文化，从中汲取力量，返本开新；一面以今日之创造致敬先贤的付出，并在心怀敬畏的前提下，减少我们在实际工作中出现不应有的错误决策。

（原载于《人民政协报》2022 年 6 月 13 日）

把读书学习作为毕生的追求

在第 27 个世界读书日到来前夕，全国政协召开"学习贯彻习近平总书记重要指示深入开展政协委员读书活动"座谈会，会上传达了习近平总书记的重要指示，全国政协主席汪洋出席座谈会并讲话。这不仅是全国政协对习近平总书记重要指示精神的再学习、再领会、再贯彻，更是一次动员各级政协委员进一步开展好读书活动的再发动、再鼓劲，对进一步提高各级政协委员的自身素质和履职能力，产生了巨大的推动力，而且有利于委员更好地参政议政、履职尽责。同时，也将带动社会各界将读书活动推向新的高度。

近年来，习近平总书记在多个场合强调读书的重要性，倡导全社会要加强读书学习，提出把学习作为一种追求、一种爱好、一种健康的生活方式，做到好学乐学。认真学习习近平总书记关于全国政协开展委员读书活动的重要指示，我进一步加深了对读书活动的理解。

回顾个人的成长经历，我感到读书对于一个人的成长进步，就像马儿离不开草、鱼儿离不开水一样，须臾不得放松。少年时期，我们在读课本和与课本相关的图书，长大之后读马列主义、毛泽东思想和哲学、历史、文学、经济、社会管理以及各种与思想和工作实际密切相关的图书，每涉及一个领域，都可以从书本上找到打开新局面的坐标和指路导航的明灯。

我在全国政协十二届会议召开前夕，才开始接触宗教工作，之前很少涉猎相关知识。自从担任了山东省伊斯兰教协会会长，我开始阅读宗教哲学以及伊斯兰教在我国发展历史方面的书籍，认真学习了习近平总书记关于民族宗教工作的重要论述，费孝通先生的中国社会调查，以及白寿彝、金宜久先生关于伊斯兰教方面的著作，并结合上级领导对伊斯兰教协会工作的要求、信教群众的期待，领悟伊斯兰教坚持我国宗教中国化方向的道路与途径，增强了抵制敌对势力宗教渗透的自觉性。通过组织教职人员"讲经解经"的"卧尔兹"比赛等形式，加强伊斯兰教经学思想建设；通过对清真寺建筑风格的中国化引领，增进了伊斯兰教界人士和信教群众对伟大祖国、中华民族、中华文化、中国共产党、中国特色社会主义的认同。

读书如春园之草，不见其长，日有所增。我一直对黄河和大运河保持着热爱和关注，除了河口平原的生活经历，读书也让我从心底深处生出了割舍不下的黄河、运河情结。青年时期读《水经注》《山海经》，读《清代黄河流域自然灾害历史档案》以及许多与黄河、大运河有关的地理类、文学类、史学类书籍，点燃了我越来越浓的热爱黄河的情感，坚定了我一定要为母亲河有所奉献的志向与信心。我先后创作出版了短篇小说《赶黄河》，中篇小说《亲亲黄河那捧土》和长篇小说《黄河咒》，并在此基础上厘清了黄河与大运河的关系，在 2018 年创作出版了长篇城市传记《临清传》。同时，在作为十二届、十三届全国政协委员履职的 9 年多时间里，先后提交了 17 件关于黄河治理与保护的提案。

热爱读书，可以提升关注社会热点的敏感度。书籍是人类进步的阶梯，不读书就不懂事理，就跟不上飞速发展的形势。我国实行了 40 多年的计划生育政策，对转变人们的生育观念、提高人口素质，起了至关重要的作用。但是随着经济和社会事业的发展，长时间的"一孩"政策，也必然会给国家带来劳动力短缺等问题。我在阅读《资治通鉴》《清史稿》等书籍时，敏锐地发现了这个问题。在 2013 年全国两会期间，我大胆地提出全面放开"二孩"政策的提案。后来，这个提案与其他委员的相同提案一并被国家采纳。

读书好，读书多了无价宝。读书不仅仅是实用主义的对号入座，也是人安身立命的根本。只有腹有诗书，才能气血自华。在 4 月 22 日全国政协"学习贯彻习近平总书记重要指示深入开展政协委员读书活动"座谈会上，我学习了习近平总书记关于全国政协开展委员读书活动的重要指示，聆听了汪洋主席的重要讲话。下一步，我要进一步学习贯彻好习近平总书记关于全国政协开展委员读书活动的重要指示，多读书、读好书，把读书作为自己毕生的人生追求，活到老、学到老，生命不息，学习不止。

（原载于《人民政协报》2022 年 4 月 28 日）

卖油娘子水梳头

　　"卖油娘子水梳头"是一句老话，对它的理解，历来见仁见智。从字面意思上看，是做买卖的人或者各种工匠，因穷苦而不能享用自己经营或制作的东西。也有理解为自己的东西送了人，自己却没有用的。或本来自家就有的东西，用的时候却没有了。比如《红楼梦》第七十七回中就写道："'卖油的娘子水梳头'。自来家里有的给人多少！这会子轮到自己用，反倒各处寻去。"还可以理解为：拥有着"桂花油"资源的卖油娘子，却把节约每一滴油看作是搞好经营的基础环节，从不把用于经营的成本用在自己的梳洗打扮上，从一点一滴做起，厉行节约。我是很赞成这种见解的，并由此引发了一些思考。

　　近几十年来，城乡人民的生活有了日新月异的改善和提高，许多旧社会时只有大户人家或达官贵人才能享受到的佳肴美味，如今也走入寻常百姓家。即使是农村平平常常的人家，日常生活的餐桌上也少不了两三个菜肴，有饮酒习惯的人，甚至还经常小酌两盅。这些变化，无不显示着小康社会即将到来的福祉与荣耀。但是，高兴之余，也应当看到，现实生活中，尤其是餐桌上，舌尖上的浪费现象严重。只要到饭馆、娱乐场所、农家小院看一看，就不难发现：白米饭、大馒头随便乱扔，成瓶的饮料被白白倒进垃圾箱，没吃几口的大鱼大肉被丢弃……各种浪费现象屡禁不止。

前不久，我的一位朋友谈起对生活的感受时说，最看不惯的，就是当下一些人的奢靡风气，尤其是拿浪费粮食不当回事，"锄禾日当午，汗滴禾下土"的古训也被置之脑后。我说，最近，习近平总书记就这个问题作出重要指示，要坚决制止餐饮浪费行为。朋友说，我也听到这个话了，还从电视上看到，不少地方的饭店已经实行了点半份菜、依人定量等办法，这样非常好。交谈中，我们还说起许多感人至深的故事。朋友说，艰苦奋斗、勤俭节约是我们党的光荣传统，早在抗日战争年代，毛主席就说"节约每一个铜板为着战争和革命事业"，后来，毛主席又强调"贪污和浪费是极大的犯罪"。如今，习近平总书记再次强调厉行节约的极端重要性，说明党的光荣传统又回来了。眼下，虽说我们的日子过得好了，但也不能好了伤疤忘了疼。

至此，我不由得想起了北宋王安石《金陵怀古》中的几句："霸祖孤身取二江，子孙多以百城降。豪华尽出成功后，逸乐安知与祸双。"糟蹋粮食，浪费财富，绝不是小事，而是一个关系到民族兴亡的大事。让我们牢记党的光荣传统，从每一个人做起，以"卖油娘子水梳头"的精神，做好勤俭节约的工作，做到"穷不倒志，富不癫狂"，形成不骄不躁不奢不靡的社会氛围。

（原载于《人民政协报》2020 年 8 月 17 日）

书山有路

　　书山是有路的，勤即为径。然而，仅仅有"勤"还不行，勤只是攀登的基本功，是途径之一。与"书山有路勤为径"对应的下一句："学海无涯苦作舟"，它告诉人们，要学有所成，除了"勤"，还要特别能吃苦，才能不负韶华，获得成效。然而，仅仅有"径"，有"舟"，还远远不够，书路是蜿蜒曲折的，要攀登书山光辉的顶点，必须坚持不断地探索，以"咬定青山不放松"的精神，知难而进，持之以恒，才能领略书径四至八通的深谷险隘，闯过激流险滩，欣赏无限风光。我从小学四年级开始坚持阅读课外书，那时我家的东邻是一位在某县担任过政府办公室副主任的叔叔，他退休时带回了一些图书。我有幸沾光，去他家读了一些似懂非懂的书籍，从鲁迅先生《踢鬼的故事》到《少儿启蒙读物》《当代京剧四大名旦》等书籍，在朦胧与模糊中摸索每一个文字的含义，时间久了，这种自我猜测的习惯，竟也起了一些作用。小学老师看我能一知半解地讲解一些比较浅显的古文，就借给我一本《四角号码词典》，还给我一本《记叙文写作指导》，等于在攀登书山的道路上有了一根竹杖。

40 年前，我游江西抚州临川，有幸读到被称为"中国戏圣"和"东方莎士比亚"的明代著名大师汤显祖家族的汤氏宗谱，其中有汤显祖题寒光寺的一副楹联"天地间都是文章，妙处还须自得；身心外别无道理，静中最好寻思"，被收入《抚郡汤氏廨宇规模记》。我觉此联甚妙，深得学子书山攀登之奥妙，遂从文中摘出。数年来每读此联，便如师在眼前，耳提面命，故不敢一日自废堕。某年某月，我为官一方，上峰开会，有同僚汇报工作，假话大话空话惊得我目瞪口呆，而且其言辞之凿凿，无半点脸红耳热。轮到我发言，只得实话实说，结果惹得上峰不悦，同僚哂嗔。大家都知道我说的是实话，但是因为打了别人的脸，自然得罪人。虽然后来的实践证明我之所言不谬，但当时的尴尬是可想而知的。我想，这也是一种读书吧。

　　读书需要开动脑筋，即"身心外别无道理，静中最好寻思"。思考是攀登书山的窍门。一目两三行，翻得哗哗响式的囫囵吞枣，是不能用于精读图书的。20 世纪 70 年代初，我们部队的一营奉命到怀来县洋河滩农场种水稻。这地方正是桑干河与洋河的交界处。当年丁玲女士写作《太阳照在桑干河上》的时候，小说中的故事发生地暖水屯就是离我们驻地不远的温泉村。丁玲的这本书写完之后，先用《桑干河上》的书名，由"中国人民文艺丛书"出版，估计当时丁玲为了感谢温泉村的父老乡亲，就送了一部分样书给当地群众。我见到这本《桑干河上》的时候，距离它的出版时间已经过去了 21 年。虽然当时的政治局面限制对这本书的阅读，但我还是利用劳动的间隙把这部小说反复看了三遍。而对于同是那段时间淘到的多勃罗沃尔斯基的《三个穿灰大衣的人》，却只是粗枝大叶地读了一遍。两相比较，前者给我留下的印象特别深刻，而后者却印象淡泊。《桑干河上》不仅让我从文学的角度理解了丁玲的创作，更让我对文字之外发生在新中国成立前夕的农村土地改革有了更加深刻的理解，以至于对我多年以后从事县域行政领导工作有很大的帮助。

　　书山的路蜿蜒曲折，增添了攀登的难度，也给攀登者带来了曲径探幽的乐趣和上下求索的获得感与充实欲。"路漫漫其修远兮，吾将上下而求索。"这是一种多么乐观的上进态度和不屈不挠的奋斗姿态！撂下凿壁借光、囊萤映雪之类的传说不提，即以在读书过程中受到某种启发而另辟蹊径或借他山之石以攻玉而成就一番大业的例子就不胜枚举。以"中国莎士比亚"汤显祖的戏剧《临川四梦》为例，自明代以来，许多认真阅读和改编的人，都从不同角度生发出众芳吐艳的花朵。得到清圣祖康熙皇帝首肯的超揆和尚，认为《牡丹亭》是旨在说禅；而《红楼梦》的作者曹雪芹却让林黛玉觉得自己就是杜丽娘的化身与写照；看了《邯郸梦》《南柯梦》，有不少身居官位的人幡然醒悟，甚至痛哭流涕，抛却幻想，或甘心为民，或追随致力于国家的发展而奋起。王国维先生一生在中学与西学间挹注彼此，催开奇蕊丛簇，其学术世界洪波浡潏、光风霁月，将国学和新文化弘扬的光耀四射；陈景润陶醉于数学的海洋之中，摘得了"哥德巴赫猜想"王冠上的明珠；身残志坚的张海迪，因为苦读诗书，在繁忙的政务之余，发表了许多文学作品，成为优秀的文学作者……凡此种种，无一不在说明，"读书好，读书多了无价宝"。只要坚持在求学的道路上寻微探幽，不断克服困难，总能取得理想的效果。

天时人事日相催。只有会把握时间的人，才能在攀登书山的行程中驾驭主动，日渐精进。时间是个极易流失的怪物。白驹过隙的瞬间，你如果只注意观察白驹是个什么形象，你就输了，它是一个连眨眼工夫都不给你留的骏马。如果你把它过隙的瞬间用在读书学习上，白驹将永远把你驮于脊背，让你与时光并进，随着时间的流逝，让知识的积累日有所增。下功夫真读书的人把无数瞬间变成充实与厚重，才取得优异的成绩。晚清福建文人魏秀仁在他的长篇小说《花月痕》第十五回中，曾经这样表述：

> 多情自古空余恨，好梦由来最易醒。
> 岂是拈花难解脱，可怜飞絮太飘零。

人类对时间的把握，不同的人有不同的态度。严于律己的人，把时间当成海绵里的水，分秒必争地朝前赶路，鲁迅、章太炎者流，整个生命过程都惜时如金。而王安石《伤仲永》笔下的少年仲永，有成才的禀赋，却耽误在耍小聪明上，小有成就就翘尾巴，不能"弃幼志以成大德"，出入于酒肆廛宇，把本来用于读书的时间浪费了，最后沦为常人，一事无成。这样的例子，在人们的日常生活中屡见不鲜。"明日复明日，明日何其多？我生待明日，万事成蹉跎。世人若被明日累，春去秋来老将至。朝看东流水，暮看日西坠。百年明日能几何，请君听我明日歌。"这是多么推心置腹的提醒，不知有多少难题会被攻破。2023年，在我曾经工作过的山东省庆云县，有1600多位学生考上大学，其中升入清华、北大、复旦、同济等名牌大学的也不乏其人。这些孩子们的共同特点就是充分利用时间，把别人放浪形骸的时间用在刻苦读书上。时间啊，真是生命的雕塑师，可以把智者雕成大师，把勤奋的人雕成专家学者，也可以让懒惰的人变得平庸，让投机取巧的人变成失败者，有的甚至沦为人渣。

书山之路，微观上是求学者一个人的事，仔细想想却不尽然。它寄托着人类亘古不变的期盼与祝福，承载着民族的复兴梦，寄托着国家的养育情，也是前辈人的殷切希望与等待。望子成龙，是中国人固有的传统观念。为了这个观念，人们构思出数不尽的阶梯，给出林林总总的方案，科举考试、庙堂问道、寻访对政、见习观礼……甚至想象出夸父逐日、精卫填海、女娲补天之类的神话，为追求上进的人们提供精神支持。这些精神鼓励措施，像行军途中的宣传队、篮球场上的拉拉队，让攀登者排除困难，勇往直前。闻听这样的鼓励，就像听到催征的战鼓，让人横刀立马，奋勇前行。9岁那年，弥留之际的祖父，攥着我的手："读书，读书……"每每浮现这个镜头，我就后悔至今学无所成，甚至慨叹时光的无情、人生的短促，于是，常常暗地里把自己幻化成一个仰望山上的求学者，祷告上苍假我十年，再假我十年……

作家相会更无前

国庆佳节刚过，第十届茅盾文学奖颁奖典礼在北京国家博物馆隆重举行。作为正在参加第六届全国少数民族文学创作会议的我们，有幸见证了这个让人激动万分的时刻。除了为获奖作者高兴和点赞，最让我思绪飞扬的是，新时代给了我更多更浓的创作和写作热情。特别是重温习近平总书记5年前在文艺工作座谈会上的重要讲话，让我更加深刻地认识到作为一名政协委员和一名作家更应敢担当、有作为，奋力书写中华民族的伟大复兴，为人民提供更多更好的精神产品。

之前，有朋友开玩笑说，到你这样年近古稀的岁数，尽管笔耕不辍，但毕竟是黄昏文学了。通过参加全国少数民族文学创作会议，学习习近平总书记关于文艺工作的论述，让我对多投身文学创作有了更加深刻的认识。尤其是在这次会议上，不仅有一大批比我年轻的作家，也有不少年逾古稀甚至已至耄耋的老作家，他们感恩于这个伟大的时代，创作激情仍旧高涨。在第十届茅盾文学奖颁奖典礼上，有幸聆听年逾九旬的徐怀中先生，就自己的获奖长篇小说《牵风记》畅谈获奖感言："二十出头，见证了百废待兴、蒸蒸日上的黄金年代；年过半百，正值改革开放大潮涌动，为文学实践注入新的活力；而今耄耋之年，自己身心愉悦、精神抖擞，竭力做最后一搏，倒也痛快淋漓。"这些话语如醍醐灌顶，让我从无所作为的观念中清醒过来，萌生并坚定了以笔为旗、为时代立言、为百姓讴歌的信念，用自己的努力向世界奉献最美好作品的创作欲望。

2019年，我先后出版了长篇传记《临清传》和散文集《且将锦瑟记流年》。两部作品问世后，我打算书写一部题为《中国饭碗》的长篇纪实文学，并且为此进行了一系列的前期准备。通过参加全国少数民族文学创作会议，尤其是在茅盾文学奖颁奖典礼上，见证并仰视了这些文学大家的创作心态和风采。阅读他们的作品，让我重燃向文学致敬、向高峰攀登的信心，增强了我写出好作品、报答祖国母亲的信心。

69年前的11月，毛主席在《浣溪沙·和柳亚子先生》词中，曾写下"一唱雄鸡天下白，万方乐奏有于阗，诗人兴会更无前"的词句。今天，我们在习近平总书记的领导下，投身中国特色社会主义建设的伟大事业，"潮平两岸阔，风正一帆悬"，又何尝不是其乐融融，"诗人兴会更无前"？当时的毛主席曾用"而今一扫新纪元"来形容刚刚成立的新中国，称赞那种万众齐心、共创大业的局面："颜阃齐王各命前，多年矛盾廓无边。"

党的十八大以来，以习近平同志为核心的党中央，继承和发扬党的光荣传统，不忘初心，牢记使命，廓清许多与党的宗旨相背离的负面因素，百姓称快，文学事业也迎来了百花盛开的局面。在这样的关键时刻参加全国少数民族作家创作会议，56个民族作家齐聚一堂，庆祝习近平总书记在文艺座谈会上的讲话发表

5 周年，更有其特殊意义。作为一名作家，跟上时代步伐，将是一个基本的要求。我坚信，我将无愧于时代。

（原载于《人民政协报》2019 年 10 月 21 日）

卧居书斋别有天

　　已经若干年没有这样的机会坐下来静静地读书了。一场突如其来的疫情却把人牢牢地拴在屋里，让我的"煮书斋"再次名副其实。

　　煮煮那些欠火候的书吧。年轻的时候，读过一些书，但是由于学业太重或者工作太忙，书中的很多细节没有来得及细琢磨，有的是在一知半解中冷却了求索的热情，有的是在攀登的路上遇到拦路虎而放弃了勇往直前的勇气，有的是因为工作变动而对原来读的书移情别恋，也有的是随着年龄增长记忆力下降而丢失或者陈化先前的记忆……于是，利用这段时间，我又找回了当年那种嗜读如命的热情。在这3个多月的日子里，我又重读了当年爱不释手的汤显祖的杂剧《牡丹亭》，古典小说《水浒传》，以及《道德经》《论语》等经典名著。不仅勾起了我的许多陈年记忆，还让我在原有的基础上有了许多新的理解和认识。

　　慢工出细活。年轻的时候，学习积极性高，脑子好使，记忆力强，眼力也好。但是，却常常贪多嚼不烂，不求甚解，错过对一些知识的深钻细研。如今读书，态度变了，想学得深一点，细一点。既然有个"煮书斋"的堂号，就要有成熟的读书效果。但是，却也发现了另外的问题：记忆力减退，眼力下降，爱忘事。我读书过程中，力求扬长避短。一是细读，不放过疑点；二是以勤补拙。抄书，是我常用的一种办法。近年来，我先后用毛笔工整地抄写了全本的《聊斋志异》《文心雕龙》《道德经》。疫情期间，我又抄写了苏轼的前后《赤壁赋》等。这些笨功夫，增强了记忆，让知识的溪流在我的脑海里开出新的沟渠。它不仅让我记住了新学的知识，也提高了对过去知识的理解和巩固。

努力吸收书本里的营养，让强身健体成为自己长本事、担责任的基本功。活到老学到老，学习是从摇篮到坟墓的任务。那些古往今来的格言告诉我们，人只有一刻不停地孜孜以求，才能担负起时代的重任。把书中学到的知识变成自己的，最好的办法是写出优秀的文章和策对。为此，我坚持写作，30 年来，累计出版包括长篇小说、中短篇小说、诗歌、散文在内的各类文学作品18 本。今年疫情期间，有感而发，写出 16 篇文章和建议、提案，同时还开始了一本长篇纪实文学的写作。这样，用学习促工作，用工作带学习，就能养成读书的习惯。

读书很像做饭，生米刚开始下锅，需要大火猛攻，但是米煮烂之后，就要调成文火，慢慢地煨炖或者烘焙，煮出点滋味来。猴子看到井里有月亮，可以倒挂着去捞，人不能那样，人可以"举杯邀明月，对影成三人"，读书也不能像捞月亮的猴子。要千方百计用笨功夫，细嚼慢咽，把字里行间的意思弄通，慢慢地"抻出月亮来"。我是个笨人，但是我养成了记笔记的习惯。很多读书心得，都是在一闪念中出现，不记下来，一过就忘了。"好记性不如烂笔头"，讲的就是这个道理。如今我老了，但是老了不是可以放弃学习的理由。工作任务少了，读书的时间多了，蜗居书斋却别有洞天。这就是宅在书斋这段时间悟出来的一点感想。

松涛接海浪　浩淼天地间

——万松浦书院创办二十周年印象

　　知道芦清河，是 48 年前的事了。那是 1975 年的春天，我还在曲阜师范学院（今曲阜师范大学）读书，奉命到黄县（今龙口市）参加长篇报告文学《下丁家》的写作。我有幸从那个时候起，知道了这个地方有一条与大海相连的泳汶河（即张炜笔下的芦清河）。那是一条从远古流淌而来的静流，它挟裹着遥远的历史积淀，穿过苍苍莽莽的黑松林，在徐福东渡日本的一个被称作北马的地方与滦河一并融入了大海，形成了风云际会，万松呼啸，连接大陆与海洋的浦口。浦口灵光氤氲，瑞气接天，文脉汩汩，预示着这片充满吉祥之气的地方，必将成为文明与文化悄然崛起的风水宝地。

　　果然，时隔不久，一位署名叫张炜的作者，捧着出手不凡的处女作短篇小说《达达媳妇》，出现在《山东文学》期刊上。短短几年，便读到了他的由十九篇短篇小说组成的集子《芦清河告诉我》。这部包括十九个短篇小说的集子，尽管内容各异、文旨不一，但却像争抢着要融入大海的浪花，交汇而又参差着，彰显着大气磅礴的艺术效果，夺人之气跃然纸上。正是从那时起，张炜像一部遇山开路逢水架桥的巨型铺路机，开拓着文明向前的路径，一发而不可收。他先后发表短篇小说《声音》。1984 年 7 月，发表短篇小说《一潭清水》。1985 年 8 月，发表中篇小说《秋天的愤怒》。1986 年 10 月，发表长篇小说《古船》。1992 年 5 月，发表长篇小说《九月寓言》。1994 年 12 月，出版长篇小说《柏慧》。1997 年 6 月，出版长篇小说《远河远山》。2001 年 10 月，出版长篇小说《能不忆蜀葵》。2003 年 3 月，发表长篇小说《丑行或浪漫》。2007 年 1 月，出版长篇小说《刺猬歌》。2009 年，出版散文集《芳心似火》。2011 年，凭借耗时 20 余年所创作的 450 万余字的"大河小说"《你在高原》获得第八届茅盾文学奖。2012 年 1 月，发表长篇儿童小说《半岛哈里哈气》。2015 年 5 月，出版儿童小说《寻找鱼王》。2016 年 5 月，发表长篇小说《独药师》；12 月 2 日，他当选为中国作家协会副主席。2018 年 1 月，发表长篇小说《艾约堡秘史》。2020 年 1 月，出版首部长篇非虚构作品《我的原野盛宴》；6 月，出版《张炜文集》50 卷；7 月，出版人物研究评传《斑斓志》。2022 年 6 月，出版长篇小说《河湾》。我的这些记载，对于在当今文坛上书写了 2000 多万字的文学大家张炜先生的全部作品，或许是挂一漏万。如果能认认真真地把他的作品全读下来，将是一个非常了不起的收获。从他的作品看，可以毫不夸张地说，他是当今中国文坛著述体量大、题材广、文字丰富的作家。一泓芦清河的涓涓细流，一旦汇入洪波涌天的大海，就会掀起万丈狂澜。正是从这样的愿望出发，张炜在他的创作欲望最为旺盛、创作成果最为丰富的时刻，有了一个更为宏大的畅想：继承古之先贤弘扬文明的光荣传统，创办书院，用文学拉动整个社会前行。他效法古之贤者，励志做一个有理想有抱负的作家，眺望远方的目光并不仅仅是个人的功成名就，在他的视野中，更多的是绚丽春天的万紫千红和万类鸣唱中的和谐交响，是人类与大自然的融为一体，是天下苍生的柴米油盐和悲欢离合……于是，从进入 21 世纪开始，他就在故乡龙口市着手创办位于芦清河注入大海的浦口交汇处的一片万亩黑松林中的"万松浦书院"。就是在那个时候，张炜领着我看了万松浦书院的选址与土建，畅谈了他创建万松浦书院的初衷与打算。听了他的那些想法，让我突然间感触到了什么叫作有责任感，有民族自信心、自尊心这样的一个话题。经过几年的精心施工，书院于 2003 年正式开馆。书院一期工程占地 110 亩，建筑面积近万平方米。接待处面积为 4500 平方米，有客房 28 间，容纳 60 人的小会议室一间，容纳 100 人的大会议室一间，海浴馆一座，可举行中型学术会议。万松浦书院办公楼面积为 2200 平方米，含办公室、藏书库、阅览室、座谈室及同声传译会议厅，并有餐饮配套设施等。办公楼呈同字形结构，布局设计吸取了传统建筑古朴典雅的特点，同时借鉴了西式建筑的优点。第一研修部、第二研修部坐落在松林中，均为三层别墅式建筑，设有办公室及 8 套独立起居单元，以供专家学者研修之用。一楼有健身房，三楼有观景平台：极目远眺，万亩松林尽入眼底，北望则大海如砥。书院成立的"万松浦书院院士委员会"，从国内外诚聘 50 名专家学者出任院士，实现了与文化科技界的高点对接，力促学术交流与文化传播。万松浦书院已与复旦大学合作成立了"世界华人文化研究中心"，与上海大学合作成立了"当代文化研究中心"，与山东大学合作成立了"艺术批评研究所"，与烟台大学合作成立了"人文研究中心"，与烟台师范学院合作成立了"现当代文学研究所"等研究机构，并确定了相应的合作项目。万松浦书院因松立院，缘浦得名，传文为业。书院坐落于龙口北部海滨万亩松林，又在滦河入海口（江河入海口为"浦"）附近，故得名"万松浦书院"。它是新中国成立后兴建的一座现代书院，具备中国传统书院的所有基本元素，如独立的院产、讲学游学及藏书和研修的功能、稳定和清晰的学术品格、以学术主持人为中心的立院方式、传播和弘扬文化的恒久决心和抱负等。

20 年来，这里培养了一批又一批文学爱好者，出版了一批影响力颇为强大的文学作品，并且成功创办了在全国标新立异的大型文学期刊《万松浦》。这本由张炜主席倡导并出任名誉主编的刊物，由书院联合山东文艺出版社创办的大型文学双月刊，以"纯粹、雅正、现代"为宗旨，在文学界引起了巨大反响，成为 2022 年中国文坛最受瞩目的事件之一。

张炜主席在文学创作和指导万松浦书院之余，应邀到国内外访问和讲学，他的每次讲课，都经过了精心的思考和准备，每次讲座之后的讲稿，经过认真修改，就是一部特色明显的人物传记和学术研究著作。近年来，已经先后出版了《书院的思与在》《芳心似火》《疏离的神情》《午夜来獾》《小说坊八讲》《楚辞笔记》《读诗经》《也说李白与杜甫》《陶渊明的遗产》《苏东坡七讲》《唐代五诗人》等学术、文学专著。由书院倡导发起的"贝壳儿童文学周"系列学术活动，堪称国内高层次的儿童文学盛会。20 年来，书院坚持高尚的操守、优雅的格调，不追风头，但求沉稳，坚守初心，稳健发展，在寻求真理、坚持真理的道路上持之以恒地前行，在时间的积淀中不断绽放出文化光芒。

前不久，我应邀参加万松浦书院开坛20周年纪念活动。相去20多年，再次走进这片当年走过的海边松林，俨然文学殿堂矣！尤其是再次近距离聆听张炜这位当今中国文坛著述体量大、题材广、文字丰富、品质优秀的作家的讲话，并与之亲切交谈，我能够强烈感受到一泓芦清河的涓涓细流汇入洪波涌天的大海后，掀起万丈狂澜的波澜壮阔。一位有良心、有责任感的作家，能够通过自己的努力，引领和创造出如此壮美的业绩，堪夸堪赞！他让我们懂得：一个有理想有抱负的作家，眺望远方的目光并不仅仅是个人的功成名就，在他的视野中，更多的是绚丽春天的万紫千红和万类鸣唱中的和谐交响，是人类与大自然的融为一体，是天下苍生的柴米油盐和悲欢离合……

万松浦书院，一个成就了时代中国文明与文化的一时之盛的讲坛，赞美你的今天，祝福你的明天！

第四辑

人生随想录

我的"步行史"

　　步行即走路。走路看似平常，但细想其实也可分为很多种：自由散步式走路、攀爬登高式走路、出操队列式走路……在我看来，走路与行走亦有不同的含义，比如，骑自行车，就是借助齿轮的驱动提升速度，不能算是纯粹的走路；借助健身器材行走，虽然也迈开双腿，但由于借助工具实现了加速度，也并非真正意义上的走路。走路就应该是迈开双脚，在身体状况允许的情况下，宜快则快宜慢则慢，自由自在地行走。由此想到自己从儿时学步到如今年逾古稀，这大半辈子的步行经历，也可算得上是一部"步行史"了。

　　孩提时代从学步到会走，严格来说只能是步行的启蒙和打基础阶段。到六七岁能到处乱跑了，也还是无章可循。由于存在着少年逞能的心态，少不了摔跤跌倒。我腿上有两处伤疤，就是在这个年龄段留下的印记。后来上学了，学校有走路的规矩，这才知道什么叫走队列，什么叫跑步，什么叫赛跑。

　　小学算得上是我"步行史"的启蒙阶段。小学毕业后，我考入县第二中学。学校离家6公里，我每天都要步行上学。也正是此时，我渐渐地爱上了短跑，还拿过 60 米、100 米的全校冠军。而这个无心插柳的举动，也练就了我强健的体魄，成为我不满 17 岁就能顺利参军入伍的基础。

参军入伍后，走路、跑步不再是一种个人爱好，而是一个军人的基本功。新兵连训练结束后不久，我被调到政治处新闻报道组，按理说无须早上出操、白天训练、晚上点名。但此时走路、跑步已经成为我的一种自觉意识，不管建制连队是否出操训练，每天早上起床号一响，我都一骨碌爬起来，进行长达一个半小时的跑步训练。记得在山西省阳高县罗文皂军营驻防的那几年，我每天早上都要进行长达 6 公里的越野跑，从军营跑到长城的烽火台上，对着内蒙古兴和县的茫茫戈壁"呼喊"一阵子。

后来，我进入大学学习。我们班有一个热衷于长跑的同学，每天都坚持跑一万米，于是，我也顺理成章地成了这支队伍里的一员。上学那几年，我虽没有取得什么耀眼的运动成绩，锻炼的习惯却坚持下来了。到山东德州工作后，我仍然坚持每天早上 10 公里越野。后来当了县委书记，专门跑步的时间基本没有了，但是下基层调研也是一种锻炼。5 年多时间里，我走遍了全县所有乡镇和村庄。直至到济南工作后，很长一段时间里我依然坚持不坐车，每天步行十几里路上班，并尽可能多地到基层调研。

如今，我已经 72 岁了，虽然不能跑步了，但走路总还是可以的。尤其是退休后，时间宽松起来。10 年来，我坚持每天走路不少于一万步。有好心的老友劝我：走得太多，长此以往，膝盖关节会出毛病的。我想，像我这样大半辈子都没有停下来的人，走路应该没啥太大的问题。

说起步行，我又想到，如今的年轻娃娃们，出行都有私家车接送，脚步似乎变得"珍贵"了。许多孩子走路都是出于集体活动或者学校组织，抑或是追求"体育专长"，真正自觉自发地去跑步或走路的不多。古人尚且懂得"饭后百步走，能活九十九"，因此，衷心希望无论是年轻人还是年长者，都应该根据自己的情况作出合理安排，多走一走，多行一行。

（原载于《人民政协报》2024 年 1 月 29 日 ）

由"自扫门前雪"想到的

最近一段时间，全国各地迎来大范围雨雪天气。这也让我想起儿时赶上下大雪，我们这些上学的学生一般都会接到一个通知：明天上学时请自带铁锨、铲子、扫把，到学校扫雪。于是，我们便会按照学校的要求，准时到学校参加打扫积雪的义务劳动。

如今不同了，如果天气预报有大雪或者暴雪，不少地方的教育部门都会发出通知：明天中小学生不用到校，可采取上网课的方式在家学习。对此，我在由衷感叹新时代科学技术发展给教育事业带来的巨大变化、教育部门对孩子关心与爱护的同时，又不禁有种深深的担忧。爱祖国、爱学习、爱劳动，是青少年的必修课，倘若一味地将孩子们当作"温室里的花朵"，遇到一点环境上的困难就闭门不出，甚至连"各人自扫门前雪"这样的从古至今世代相传的传统劳动教育都被搁置起来，是不是与我们"德智体美劳"全面发展的教育理念相悖呢？

我以为，在整个社会生活条件比较富足、科学技术有了发展与提高、教学条件有了很大改善的当下，让孩子利用现代化的教学设备来完成学业，分享教育改革的成果，本无可厚非。但当需要孩子们为公益事业作出贡献、克服困难的时候，却不应仅仅从关心他们安全的角度出发，让孩子们失去了为集体、为大家服务的意识。这不是对孩子真正的关心，而是缺失了对孩子意志品质的锻炼。试问，如果我们的年轻一代从小就不能经风雨、见世面，长大之后又如何能担当时代赋予的历史使命呢？

正确的做法应当是，教育与关怀并行。要把意志品质教育放在首位，从幼儿时期就让孩子们懂得，社会环境是大家的，关心公众、热心公益，是每个人应尽的责任和义务。从而进一步让孩子们在国家利益、集体利益和个人利益的关系上，懂得小道理服从大道理、局部服从全局、个人服从组织的道理。这样才能让青年一代富有担当精神，才能在国家需要、民族召唤的紧要关头挺身而出，做到重担下有铁肩，困难时有身影。给孩子们一点经受困难磨炼的机会，不是坏事。

（原载于《人民政协报》2024 年 2 月 19 日）

万物有灵看和谐

芦荻白头，促织催衣，寒雁南飞，天气转凉。草丛里的蛐蛐像是有些怕冷了，时不时蹦跶着溜进我的书屋。捉两只放进用席篾编制的笼子里，天天采摘菜叶喂食。它们该吃的吃，该喝的喝，就是不再鸣叫。草木有本性，虫鸟亦如此。不叫就不叫吧，或许它们来投奔我的意思就是让我明白，天冷了，该添衣裳了。

世间万事万物皆有联系。比如，自然界的四时轮转，就是一种客观规律。节令到了，该冷的时候冷，该热的时候热，不仅人类能感知到这样的变化，就连虫蚁亦是如此。在许多人们熟知的谚语里，就有这样的记载。如：蚂蚁搬家蛇过道，必有大雨到；蜻蜓飞得低，出门戴斗笠；天上鱼鳞斑，晒谷不用翻；鱼儿出水跳，风雨就来到；草上结罗网，河里水要涨……这些无一不在告诉我们，自然界里动物、植物都是人类的朋友，我们必须珍惜和爱护人类与大自然的关系，自觉地保护环境，与大自然和谐相处。

不过，在现实生活中，人类也免不了有得鱼忘筌、自高自大的弱点。记得 20 世纪 90 年代初期，造纸热兴起，遍布全国各地的造纸工厂产生大量污水，这些污水被排入河道和海洋，不仅严重污染了环境，也给人类身体健康带来了巨大隐患。直到"绿水青山就是金山银山"理念的提出，才让人们擦亮了眼睛、看清了方向，环境治理问题得以引起全社会的高度重视，水源污染、大气污染、沙尘暴等问题都得到了较好的治理。

人与自然和谐共生，是一个需要随着客观环境变化而不断加以调整和改进的课题。在当下自然环境治理已经取得很大成绩的同时，也要看到我们还有许多短板需要尽快加以改善。比如，这些年，燕子越来越少了。记得少年时候，农村家家户户的房檐屋下都有燕子做窝儿，这些乖巧的小生命开春由遥远的南方飞来，孕育出新的雏燕，待到秋风渐凉，便举家南迁。春来秋往，燕子不仅带给人们节令变化的提示，也如同老友般有来有往，给人以"德不孤，必有邻"的亲切感和心灵慰藉。

如今，横空低飞的燕子越来越少，固然有自然界物竞天择的原因，但也不乏人类活动对环境的影响。但不管是出于哪种情况，都不应被忽视。如果人人都能有爱护动物的自觉，有关部门能推出保护它们生存环境的措施，相信人与自然的关系也能越来越融洽。

天气渐渐变凉，我也由季节变换想到了环境保护和生态治理。这并非杞人忧天，而是出于善待大自然、善待万物生灵的责任，是每个有爱心、讲良心的公民应有的道德素质。当我们与大自然达成相互尊重、和谐相处的共识，就会有许许多多意想不到的惊喜和浪漫纷至沓来——会想起喜鹊为牛郎织女搭起鹊桥的传奇，会感叹神农尝百草惠及万代的恩赐，会讲述"兔儿爷"为百姓送药去毒的神话。

天凉了，又到了换季添衣的时候。人类在关爱自身的同时，也多多关注大自然的生灵和环境吧。

（原载于《人民政协报》2023 年 10 月 9 日）

投身军营，少年当自强

又快到"八一"建军节了。最近整理保存了大半辈子的日记，无意中发现 56 年前的冬天，我应征入伍时写下的一些文字，便又回想起那些当兵的日子。

由于连续两年没有征兵，所以 1968 年征集新兵的工作开展得特别早。1967 年深冬，元旦前两个月，征集新兵的部队就来到我们县，紧锣密鼓地开展工作。我当时虽然只是县第二中学的一名学生，却一心想要实现"少年当自强"的志向。因此，一听到部队开始征兵的消息，我简直高兴坏了。

那时，虽然我只有 16 岁，可当兵的积极性却高涨。11 月 17 日那天的日记，是我写给部队首长的"决心书"草稿："部队首长，请相信我吧，毛主席反复要求我们要关心国家大事，我觉得投身部队这所大学校，就是最直接的关心国家大事。作为新时代的青年，我有一腔热血，一颗对敌人疾恶如仇的赤胆，一双夸父逐日的铁脚板，成全我的志向吧，让我融进部队这个革命的大熔炉，接受革命大熔炉的冶炼，使我成为一块为人民服务的好钢。"

当我把这番话工工整整地抄写在稿纸上，递给负责征兵的两位同志时，他们交换了一个眼神，然后对我说："你要求当兵的积极性很好，但是你的年龄不到，等到明年再报名吧。"一听这话，我赶紧把父母支持我参军入伍的签名信从兜里掏出来，那张皱巴巴的纸上写着"支持儿子参军报国"八个歪歪扭扭的字，以及两位老人按上的鲜红手印。见此情景，征兵的同志便让我先和其他青年一起参加体检，但能不能走，还要看情况再说。

春节过后，我幸运地接到了光荣入伍的通知书。离家的那天，是 1968 年的 3 月 8 日。我和其他人一起穿上军装，在县城培训三天后，便正式进入部队。从此，我们入中原、闯太行，出塞北、过雁门，踏草原、守边关，不知不觉度过了 6 个年头。如今，回想起青年阶段的那段光景，仍觉得非常有意义。

在那段时间里，我有过从毛头小子向成熟军人转变的历练，有过在逆境中战胜艰难险阻的考验，有过立功受奖的喜悦和受到批评的难堪。除了这些，部队生活也让我懂得了什么叫勇往直前，什么叫锲而不舍，什么叫男儿当自强，什么叫为中华民族崛起而奋斗。

退伍后，我奉命到山东省各项发展指标列全省倒数第一的庆云县担任县委书记。面对压力巨大的困难局面，我常常想起在部队经受考验的过程和场面，顿时增添了战胜困难的信心。我和班子的同志一道，坚持党的民主集中制，紧紧依靠人民群众的力量，仅用 5 年时间就扭转了庆云县贫穷落后的局面。

今年高考，庆云县第一中学进入本科分数录取线的有 600 多人，还有学生被清华大学、北京大学录取。我记得在部队当兵的时候，首长对表现优异的战士，经常以口头表彰、通报表扬、立功受奖的方式给予鼓励。于是，我给这些升入北大、清华的学生购买了《辞海》作为礼物，虽不贵重却也是心意。我和学生们虽然素不相识，但一份小小的鼓励，也可能激励他们的青春。

最近，电视里正在播出一档名为"经典咏流传——正青春"的节目。观看节目后，我不禁感叹：虽然我今年已经 72 岁，但想起"青春"二字，也会油然生出杜甫《壮游》诗里"放荡齐赵间，裘马颇清狂"的飘逸感。当过兵，受过部队大熔炉的冶炼，是一笔受用不完的财富。愿有志气的年轻一代，积极投身军营，为国防事业贡献自己美好的青春。

（原载于《人民政协报》2023 年 7 月 17 日）

心中时刻存"戒尺"

戒尺，除了佛教寺庙中根据教规设立之外，一般情况下，是旧时私塾先生惩戒学生的一种戒具。这种长不过七寸六分、宽不过一寸、厚不过六分的竹片，在惩戒学生的时候，常常将手心打得红肿透明，疼痛钻心。

少年邹韬奋在父亲面前背"孟子见梁惠王"，桌上放着一根两指阔的竹板，一想不起来就要挨一下打，半本书背下来，"右手掌被打得发肿，有半寸高，偷向灯光中一照，通亮，好像满肚子装着已成熟的丝的蚕身一样"，陪在一旁的母亲还要哭着说"打得好"。鲁迅的启蒙老师寿镜吾老先生是一个博学而又极为严厉的人，在他的三味书屋里，有戒尺，还有罚跪的规则，但是都不常用。魏巍在上课时做小动作，蔡芸芝先生手里的教鞭好像要落下来，他用石板一迎，教鞭轻轻地敲在了石板边上，大伙笑了，蔡老师也笑了。

"打"，是为了教育，是为了让孩子知错、改错。孩子都有自尊，他们犯了错误，心里后悔、害怕，就怕别人知道。因此，使用戒尺也应把握分寸，掌控火候。郭沫若小时候读书，趁老师外出，和同伴到书塾隔壁的桃园里偷了桃子。园主告到老师那儿，老师没有用戒尺，而是跟什么事也没发生似的，给他们出了道题——对对子：昨日钻狗洞偷桃，不知为谁？郭沫若一看，傻眼了，老师全知道了，认个错儿吧，灵机一动，对了个下联：他年进蟾宫折桂，必定是我！还要用戒尺吗？想必已是知错。

戒尺，是对规矩和方圆的界定，也是对违规违纪者的警示，所谓"没有规矩不成方圆"。千百年来，戒尺就成了人们从少年时期就必须面对的一种惩戒。从这个意义上讲，说戒尺是司法惩戒的民间雏形也未为不可。由此便想到社会学、政治学范畴的"戒尺"。比如，团体、政党、组织，都要有自己的规矩。这规矩，就是"戒尺"。只不过，这样的戒尺，不一定是用来打手心的竹板，而更多的是政治理念的灌输和纪律法规的约束。中国共产党制定的党规党纪，就是最好的"戒尺"。

我加入中国共产党52年来，体会最深的，就是中国共产党为党员干部制定的一系列纪律法规，它不是有形的戒尺，但比有形的戒尺更能启发人、教育人，它除了对人的警示和惩戒，更多的是对人的爱护与引领。中国共产党从建党初期，就把全心全意为人民服务作为党的根本宗旨，把"立党为公"作为党的根本原则，并把"不拿群众一针一线"作为党的基本纪律，并由此形成了妇孺皆知的"三大纪律八项注意"以及与此配套的各项规定。

习近平总书记在党的二十大报告中提出，"全面加强党的纪律建设，督促领导干部特别是高级干部严于律己、严负其责、严管所辖，对违反党纪的问题，发现一起坚决查处一起。坚持党性党风党纪一起抓，从思想上固本培元，提高党性觉悟，增强拒腐防变能力，涵养富贵不能淫、贫贱不能移、威武不能屈的浩然正气"。既是对我们党员干部最大的爱护和关心，也是我们必须藏于心底的一把戒尺。面对新的历史阶段提出的任务，我们心中不能没有一把戒尺——既要有"戒"，也要有"尺"。

我们不信仰宗教，却信仰"戒"，以戒为师。许多老一辈革命家舍小家而兴中华，摈一身而救黎庶，身尽瘁而鞠躬。我辈后来，须谨记应戒当戒，应防必防，勿使生命废堕，勿成一念之差，淌泪噬脐。

（原载于《人民政协报》2022 年 12 月 12 日）

清洁能源"博物馆"走进寻常百姓家

近几年，随着碳达峰与碳中和"双碳"目标的提出，清洁能源的使用和发展已成为 14 亿中国人共同关注和行动的热点。

还记得 10 多年前，我国北方地区空气污染严重。城市和乡村道路上常常能看到往来的大型煤炭运输车辆，不仅把空气弄得灰尘滚滚，还经常堵塞交通。其中最典型的，莫过于从山西大同到太原、张家口、保定等地的路段。

不过这些年，一切都变了。前不久，我参加全国政协组织的调研，从山西大同市到忻州市，一路走来，道路畅通，风景优美，空气新鲜。在大同吃过晚饭，一位当年在部队服役期间的老首长领着我去大同古城墙游览，一边走一边不无感慨地对我说，近些年，大同的城市环境改善真是效果明显。老百姓街谈巷议的，都是对政府创建卫生城市的赞扬。

城市环境的改善是人人都能切身感受到，是能让家家户户都受益的事儿，老百姓看在眼里，喜在心上。还有一些虽然是普通人不懂的"高科技"，却也实实在在给人们的生活带来了改变。比如，那些太阳能光伏电热板和从远处看像是从地面冒出来的巨型降落伞，或者高高举起的惊叹号似的风能发电机组风车。

在山东商河县沙河镇棘城中街村一户农民家里，我看到瓦房上支满了太阳能光伏板。他告诉我，屋顶上的太阳能光伏板按块计算，每块每年由电网公司支付 80 元。自己家房顶上现在放了 60 块，每年净收入 4800 元。有的农户放一二百块，那收入就更多了。这些光伏板发出的电直接入国家电网，不燃煤、不烧气，是真正的清洁能源。

听着乡亲们喜不自胜的介绍，我终于明白，怪不得现在从北到南，从东到西，出现了那么多风电机和光伏发电设备，这不仅是对国家电网的有力补充，更是实现"双碳"目标的重要组成部分和生力军。这些清洁能源无污染、无工业废渣、无大批量劳动力的重复投入，既能让群众"旱地里拾鱼"，又能让国家电网有充裕的能源储备，是件一本万利的大好事。

同时，这些清洁能源设备用最直观的技术手段把人类对大自然利用的门槛摆在明面上，让人们懂得了学习科学知识和技术的重要性，为年轻人树立了求知的目标，也让人们对光能、风能之外的各个领域，产生了更多的科学幻想和追求欲望。

前些年，我曾对那些矗立于大漠戈壁风场的风力发电机叹为观止。如今，这些新技术的开发与利用已经摆在家门口，群众对这些技术的利用已经非常成熟，尽管其中还有需要提升和改进的空间，但是它所起到的作用，已经远远超过能源储备和利用本身。我想，我国政府之所以底气十足地向全世界宣布实现碳达峰、碳中和的时间表，就是因为我们已经有了十分成功的实践与经验。随着在攀登科学高峰道路上的持续努力，在更多领域里进行的探索，未来我们对于清洁能源的利用，必将走在世界的前列。

党的二十大报告提出，"大自然是人类赖以生存发展的基本条件。尊重自然、顺应自然、保护自然，是全面建设社会主义现代化国家的内在要求。必须牢固树立和践行绿水青山就是金山银山的理念，站在人与自然和谐共生的高度谋划发展"。相信以此为指导思想，必定会推进我国能源革命的深入发展，那些如同博物馆中展品般丰富的新能源设备也会越来越完善，越来越充满科技感。

（原载于《人民政协报》2022 年 11 月 28 日）

人民的喜悦

　　金秋时节，国家的每个角落都洋溢着喜庆的气氛，每个人脸上都带着欢欣的笑容。当"为人民谋幸福"的执政理念落实到每一个普通百姓身上的时候，"普天同庆"这四个字就不仅仅是一个成语，而是变成了看得见的现实。

　　在最近两个多月的时间里，除了在故乡山东省商河县沙河镇棘城村与父老乡亲相聚，我还先后去了内蒙古自治区赤峰市的喀喇沁旗，山西大同、忻州和宁夏吴忠等地，所到之处，都强烈地感受到了人民的喜悦。

　　9月23日"农民丰收节"的那个晚上，在我的故乡，在农家客厅的电视机前，几乎所有的家庭都在看这个属于农民自己的节日的专题晚会。大家边看边议论，个中的话题全都集中在电视节目的内容与本村的巨大变化上。见此情景，我拨通了远在黑龙江海林和新疆疏勒的两位友人的电话。他们告诉我，他们那里也都在收看这个节目。因为这个节目太好了，画面全是丰收，语言净是家常，绝对是最盛大的丰收盛会，只要看了的人，都会说好，都会点赞！

听着大家的议论，我也不由得思考：为什么这样的节目这么受欢迎？首先，农民丰收节，这是农民自己的节日。素有庆祝丰收习俗的中国农民，谁不心生自豪？再加上今年的农民丰收节前夕，肆虐的疫情得到控制，之所以"千门万户曈曈日"，就是因为党和政府把人民挂在心上。特别是今年农业大丰收，我国迎来了粮食总产1.3万亿斤以上的好收成。这是多么让人亮眼喜心的大好事啊！和家乡父老乡亲聊天，大家都说今年收成好，全村小麦、玉米单产都在1000斤以上，许多人家超过1500斤，夏秋两季算起来都在亩产3000斤左右。

不仅农民高兴，城里人也高兴。在山西大同宽阔的古城墙上，我与83岁的老首长张乃胜散步，他告诉我，这些年最让人高兴的，就是国家的强大、人民的喜悦。大同是高寒地区，有句古词叫"雁门关外野人家，不养桑蚕不种麻"，但如今可大不一样了。老首长指着灯火阑珊的新城说，你看看，与咱们在这里当兵的时候相比，真是天翻地覆的变化啊！确实，50多年前，大同到处都是开采的煤矿，城市乌烟瘴气。如今可好了，城市干净，环境优美。"这都是党和国家的政策好啊！"

好事多多，喜庆连连。在基本完成秋收的黄淮海平原，正需要一场透地雨水为越冬小麦播种造墒润土的时候，天公似解人意，从国庆节那天起，一连三天下了不风不火的及时雨。农民高兴地说，有了这场透地雨，今年越冬小麦的播种就更顺心了，省钱省力省操心。小麦这作物，得种得收，可以断定，明年肯定又是一个丰收年！

在党的二十大召开的喜庆时节，我走进农民王树领家，老嫂子把饭碗端到我跟前，说："你看看，眼下咱的日子多舒坦，吃吧吃吧。最让人开心的不光是吃不愁穿不愁，还有你6个侄子侄女有5个都考上了大学，都在外地工作呢。"老嫂子说着说着就笑了，看着他们过上了好日子，我也笑了。

（原载于《人民政协报》2022年10月24日）

把军装穿了

从 1974 年 1 月脱下军装后，我一直将其仔细珍藏着。为了不能忘却的纪念，更为了一份使命与担当。

每年的"八一"建军节，我都会把军装拿出来，穿在身上，然后对着镜子照一照。一是回顾一下当年的军旅岁月，想一想当年自己的影子和形象；二是为生命充填一种蓬勃向上的青葱感和奋斗精神，借以阻击随着年龄的增长随时可能出现的激情萎缩与慵懒。

49 年来，我的这个习惯从未改变。特别是到 20 世纪 90 年代，我的这个习惯得到了一次次更为强烈的增强。那时，我担任了一个县的县委书记，同时也是这个县人民武装部的党委第一书记，上级按照规定又给我发了一身新式军装。虽然不能天天穿，但我内心深处喜欢穿军装，一穿上它，我就觉得自己是一名战士，有一份神圣的责任，浑身上下便有了雄姿英发、横槊赋诗的豪迈感。

每次穿上军装，我的眼前便浮现出当年在军营服役时生龙活虎的画面：校场习武，坝上冬训，夜间闭灯驾驶，白日武装泅渡……一幕幕，一组组，仿佛电影镜头一般，推拉摇移着曾经的岁月，点缀铺陈出了内心深处的自豪与幸福。

那时，每到"八一"建军节和武装部欢送新兵入伍的时候，我都坚持穿上军装，到现场参加军民共建、爱军习武之类的活动，然后按照惯例召开一次党政联合议军工作会议，做出工作安排和部署。

如今，我已是 71 岁的年纪，但我仍然不觉得自己老。特别是当今世界正处于前所未有之大变局，世界政治格局也在悄然发生重大变化，我总是提醒自己要有危机意识。这时，我就更喜欢把珍藏的军装拿出来，穿一穿，然后对着镜子问一下自己：你老了吗——不，我不老，如果敌人胆敢来犯，我仍然可以冲锋在前！这样想着，辛稼轩在《水龙吟·登建康赏心亭》里那"把吴钩看了""栏杆拍遍"的豪情，便陡然涌上心头。

挑灯看剑，凭栏寄情，当然是五尺男儿的豪迈。但是，穿一穿军装，忆一番曾经，同样会让自己热血沸腾，生出一种"马思边草拳毛动，雕盻青云睡眼开"的冲击感。忘不了在怀来县南山堡村董存瑞塑像前所发的铮铮誓言，更记得上甘岭战斗中荣立一等功的王祥文老首长对我的殷切嘱托和耳提面命。我坚决拥护党的十八大以来，以习近平同志为核心的党中央围绕加强国防、维护国家安全采取的一系列强有力的措施。退伍军人事务部的成立，更进一步增强了我们这些老兵们的使命感和自豪感。

一日穿军装，终生是战士。我们将永远不忘初心、牢记使命，既做祖国的建设者，又做祖国的保卫者。

（原载于《人民政协报》2022 年 8 月 1 日）

梦圆胶林说今昔

走进广东省农垦总局，我就被它取得的巨大成就深深地感动了。别的不说，单以橡胶这个产业的发展而论，就值得为南国农垦事业的英雄们记上浓墨重彩的一笔。那是新中国历史上闪耀着自力更生、艰苦奋斗民族精神的一笔，更是农垦战线在中国共产党领导下谱写中华民族壮丽凯歌的一笔。

说起"橡胶"这个名词，如果不是20世纪60年代那句"稻海泛金浪，胶林遍山岗"的歌词，我还真是不熟悉。只是隐隐约约记得，孩提时代，母亲为已经上学的哥哥买了双"回力鞋"，在村子里引起了不小轰动：小伙伴们知道哥哥有了一双胶底回力鞋，便跑到我家来，都想先睹为快。这也让我十分羡慕，不知什么时候才能拥有一双属于自己的胶底鞋。

说起哥哥的新鞋，不禁让我想起《笑林广记》里记载的那个弟弟看到哥哥有新鞋子穿，自己就趁哥哥夜间入睡之后，穿上哥哥的鞋子在屋里踱步的故事。虽然我没像故事里讲得那么夸张，但也的确偷偷试过几次，感觉就是胶底鞋的确很舒服。

3年之后，哥哥的那双回力鞋终于"退役"了，我趿拉在脚上又穿了一年多。后来，我真正穿上胶底鞋，是因为走进了军营。成为一名解放军战士后，我不仅有高质量的胶底解放鞋穿，还知道了橡胶产品对于国家来说具有很高的战略地位——它不仅可以做胶鞋，更是一种重要的战略物资，小到娃娃的奶嘴，大到飞机大炮轮船的轮子，都离不开橡胶。

这样重要的物资，却只生长在北纬 17°附近。为此，中华人民共和国成立后，深谙橡胶生产特性的叶剑英元帅及时向毛泽东同志、朱德总司令汇报了关于大力发展橡胶生产的想法，并得到了全力支持：朱德、周恩来、陈云、董必武等中央领导纷纷题词，为我国橡胶产业发展奠定了良好的基础。

20 世纪 50 年代初期，西方对我国实行物资禁运，断绝了我国橡胶产品的来源。而没有橡胶，飞机上不了天，车炮走不动路，轮船下不了海，整个国民经济将陷入困局。经毛泽东同志同意，叶剑英元帅受命率领两个师一个团组成数十万农垦大军，到华南开荒种胶。

南亚热带的丛林荒原中猛兽出没、毒虫乱窜、瘴疠成瘟、台风肆虐，加上敌人的破坏袭击，橡胶生产的难度可想而知。当我听着参加当年开垦胶林的老胶工讲述垦荒者经受种种艰难困苦历练和生死的考验，听到"一粒橡胶种子就是一两黄金"，为了护送橡胶种子而在泅渡海峡时献出生命的年轻战士的事迹，听到当年开垦胶林的女大学生险些遭遇巨蟒袭击，后来在众人的帮助下打死那条重达 270 多斤的巨蟒时，我不由对这个为了国家的强大而舍生取义的群体肃然起敬。

我们的祖国是从艰难困苦中走过来的，是历经千辛万苦的淬炼才成长壮大起来的。20 世纪 70 年代初期，我还是一名解放军战士，嘴边常常哼唱那首《胶林晨曲》。如今，当我置身于那片当年被他们开垦出来的胶林之中，又怎么能不怀念那些"心系树上，胶在心中"的种胶英雄？在我的记忆里，我国的橡胶生产进入规模化，正是 20 世纪 70 年代。那时，正是因为有了领袖们决策的高屋建瓴、大批志愿者的慷慨赴义、技术人员的呕心沥血、归国华侨的鼎力相助、各界人士的无私支援，才有了如今我国橡胶生产突破了北纬 17° 的气候限制，在北纬 24° 地区的大量种植，而且把橡胶生产的基地扩大到东南亚几个国家，成为世界上名列前茅的产胶大国。

我国橡胶生产走过的历程，只是我国国民经济发展诸多领域里一个很小的侧面。但正是这个侧面，却展示了伟大的中华人民共和国走过的路程。每每想到这些，一幅由各界人士组成的巨幅创业图就浮现在我眼前。中国共产党就是我们国富民强永远的中流砥柱，只要我们紧紧团结在党的旗帜之下，就永远攻无不克、战无不胜，就一定能够实现中华民族伟大复兴的中国梦。

（原载于《人民政协报》2022 年 7 月 25 日）

第五辑

讲好中国故事

"赶考答卷"中的深谋远虑

——看电视连续剧《香山叶正红》有感

"解放区的天是明朗的天，解放区的人民好喜欢，民主政府爱人民呀，共产党的恩情说不完。"在西柏坡群众脍炙人口的秧歌小调和欢快的舞步中，中国共产党的五大书记和中央机关即将向北京转移。作为正式进入京城之前的"打尖"或者"歇脚"之地，香山成了这个大党进京赶考的第一站……这是电视连续剧《香山叶正红》中的开篇内容，而这个故事讲述的，正是1949年北平和平解放后，毛泽东带领中共中央从西柏坡入驻香山"进京赶考"，解放全中国、筹建新中国、搭建起新中国四梁八柱的故事。观看这部电视剧，也对于正确认识和理解"共产党为什么行""社会主义制度为什么好"等重大问题有着"不忘初心，方得始终"的重要意义和深刻启发。

1949年3月25日，毛泽东和中共中央进驻北京香山双清别墅，开始筹备新中国的成立。蒋介石自知大势已去却又不甘心退出历史舞台，便采取了佯装下野，推出代总统李宗仁在台前支撑，自己躲在背后筹备东山再起的闹剧。国民党一边高喊谈判，一边派出特务进行暗杀、破坏、扰乱金融市场，企图实现为谈判拖延时间的目的。毛泽东和中共中央的领导们对此洞若观火，一方面整军备战，一方面真诚谈判，并做好了"打过长江去"的准备。果然，和平谈判破裂了，毛泽东指挥百万雄师渡过长江，解放全中国。与此同时，毛泽东在香山广泛会见各界民主人士，共同探讨协商成立新中国的方方面面，其中尤其以开导说服柳亚子的故事、与黄炎培就"周期律"问题的对话以及动员民主人士出来为人民做点工作的故事成为脍炙人口的佳话。与此同时，随着各个城市的不断解放，如何接收大城市又成了新课题，毛泽东细心研究经济问题，派刘少奇去天津与工商业代表共商繁荣商业的办法。就这样，毛泽东和他的战友们解决着一个又一个前所未有的问题，搭建起执政新中国的轮廓。

在香山的这段时间虽然不长，但意义重大。把这段历史搬上屏幕，对于一个领导着 14 亿人口东方大国的大党来说，更是意义非凡。前不久召开的党的十九届六中全会通过的《决议》中，用"中国共产党和中国人民以英勇顽强的奋斗向世界庄严宣告，中国人民从此站起来了，中华民族任人宰割、饱受欺凌的时代一去不复返了，中国发展从此开启了新纪元"来表述新民主主义革命取得的伟大胜利，真的一点也不为过。看了《香山叶正红》，观众可以从领袖们那种为了新中国的成立而呕心沥血的操劳和精心谋划中，感受到深深的感染和教育。

暂住香山的这段时间，以毛泽东同志为首的中共中央并不是休息，而是一次更加聚精会神的修整与思考。最为显著的特点就是：斗争的弦越拧越紧，同自身队伍里贪图享乐、不想再过艰苦生活的思想斗，同大势已去却又贼心不死的蒋介石反动集团斗，同隐藏下来的国民党特务的暗杀、破坏斗……尤其是对自己队伍里一些贪图享受思想的斗争，已经到了明察秋毫的程度。诸如，有战士进城后将草鞋、布鞋换成了皮鞋，成群结队地到照相馆拍照留影，结果受到了严肃批评。这些在今天看来近乎苛求的批评，在当时背景下，却正好体现了一个"进京赶考"的大党高度的政治清明与历史自尊。也正是从这些细节上，共产党人看到了"针尖大的窟窿透过斗大的风"的严峻现实和风险。

《香山叶正红》展示在观众眼前的这篇赶考答卷，腹稿成于28年前的南湖红船。在此之前的岁月里，共产党人已经陆续完成了一系列优质答卷。从西柏坡进京，党中央再一次打好了成竹在胸的腹稿，在香山接连谋划进行了西苑机场阅兵、国共和谈、学习郭沫若的《甲申三百年祭》、渡江战役、炮轰"紫石英号"、南下工作团、上海"银元之战"、召开政协、开国大典……一个个具有深远历史意义的大事件。电视剧情节张弛有度、跌宕起伏、精彩纷呈。所有这一切，都表明中国共产党不仅汲取了李闯王甲申之败的惨痛教训，而且为走出"历史周期律"开创了良好的局面。观看这部电视剧，对于我们紧跟以习近平同志为核心的党中央，实现中华民族伟大复兴的中国梦，将起到重要作用。

（原载于《人民政协报》2021年12月6日）

讲好"不能忘却的故事"

电视连续剧《火红年华》讲述的是 1965 年春天，为响应国家重大战略决策，我们党开展大三线建设过程中的一段故事。（"三线"具体包括四川省、云南省、贵州省、青海省和陕西省的全部，山西省、甘肃省、宁夏回族自治区的大部分和豫西、鄂西、湘西、冀西、桂西北、粤北等地区。——编者注）故事从开头到结尾跨越了 40 余年，中间的曲曲折折、纷纭复杂构成了情节的跌宕起伏。

《火红年华》以四川省最为著名的钢铁企业为原型，讲述了刚刚大学毕业、品学兼优的学生夏方舟，怀揣着为国家钢铁事业献身的雄心壮志，和 8000 名青年学生一起，投身到钢铁建设之中，来到了建设中的川南钢铁基地。尽管工作中遇到重重障碍和阻力的考验，但夏方舟如愿实现了把自己学到的知识全部奉献给国家钢铁事业的初衷。他的品格和意志征服了所有领导和同事，当然也包括曾经反对乃至诬陷过自己并且被实践证明已经错了的人，这也让他在川南钢铁结识的女友秦晓丹真正认识了自己，两人最终结成革命伴侣。

火红的钢铁事业，怀揣美好信仰的莘莘学子，热火朝天的奋斗时代，两种不同思想观念的尖锐斗争，甜蜜曲折的婚姻爱情，构成了年轻一代火热的奋斗年华。故事情节纷繁复杂却又邪不压正，看了让人跟随剧情一咏三叹，激动不已。

　　这些年来，反映大三线建设的文艺作品极为鲜见。有点年纪的人大都知道，当年的大三线建设，是毛泽东同志从国家利益出发，做出的一项为国家安全计的重大决策，具有一定的国防性保密要求。当年一大批干部和专业人员到大三线去，人们只知道他们是去做和国防工业有关的建设，并没有在更大范围进行宣传。但平心而论，这是一段不应被忘记的历史。这不仅因为大三线项目在20世纪六七十年代紧张的国际局势和战备任务中发挥了重要作用，更是因为大三线项目建设，开创了我国采用自力更生的策略加强国防工业建设、"深挖洞、广积粮"的先河。当然，随着后来改革开放战略的实施，有不少三线企业转变了经营方式，调整了产品结构，有些产品和技术早已解密，但是当年大三线项目建设留给人们的国防观念和奋斗精神，早已融入人民的骨血，沉淀为一种民族财富。

　　《火红年华》的编剧革非的确是个善于讲故事的高手。这部剧不仅成功再现了新中国成立以来，中国共产党领导下的中国工人阶级成为国家、社会和自己命运主人的客观现实，也体现了党的十八大以来，习近平总书记对社会主义发展史的正确评价。驾驭这种史诗性题材，把年代感演绎得如此完美，体现了编剧尊重历史、还原生活的纯熟手法。故事情节的环环相扣，不仅征服了观众，也完美刻画了老一辈钢铁人肩负使命、南征北战，为国家作出贡献、创造奇迹的光辉形象。

能把不应该被忘记的故事讲到观众的心里，是文艺创作者的本事，说明作者是真正对时代、事件、人物充满深厚情感的，这也是编剧革非一贯的创作风格。以连续剧的主人公夏方舟为例，他一出场就是和工人探讨问题，以自己所学的知识和其争论，神态自若，非常有读书人的底蕴。夏方舟从一位刚刚毕业的青年学生，到最后成长为总工程师，始终充满着坚定的理想信念，不管是面对工作中的难题还是面对领导的提问，都是深思熟虑、侃侃而谈。即使面对把自己当成投机钻营绊脚石而故意刁难的对手，他都不卑不亢、义正词严。其中的故事情节，设计得合情合理，水到渠成，摈弃了过去许多描写主要人物时惯用的加贴政治标签的拔苗助长的油腻感，让人感觉到火热生活的温度，触摸到生活的脉搏，同时也再次验证了文学创作必须源于生活又高于生活的原则。

当前，我们正在学习党的十九届六中全会精神，《火红年华》这部电视连续剧，作为我们了解和铭记"四史"的生动教材，具有使人们正确认识历史的辅助作用。尤其是它故事情节的水到渠成和演员演技的自然纯熟，更有利于观众加深对党的历史的了解和奉行自力更生、艰苦奋斗精神创造的宏伟业绩。

（原载于《人民政协报》2021 年 11 月 22 日）

《红旗渠》里看品格

1968 年春天，我当兵来到河南省新乡市。没多久，就知道新乡地区下辖的林县正在修建一条从山西省平顺县跨省引水的人工天河工程。1969 年，红旗渠全线贯通，报纸上刊登出这个消息之后，林县县委书记杨贵的名字响彻全河南省。但是，这位出了名的领导干部，并没有因为干成一件惊天动地的大事和后来的职务升迁而离开林县，而是在担任了河南省委副书记后仍然兼任林县县委书记的工作，一直在这里工作了 22 年才离开。

几十年后的今天，以红旗渠建设为背景的电视连续剧《红旗渠》在电视上播出了。因为对这段历史有着深刻记忆，我也对该剧充满了期待。

电视连续剧《红旗渠》的主人公林捷的原型，毫无疑问就是杨贵。电视剧正剧开播之前，字幕上也介绍了杨贵。尽管电视连续剧作为艺术作品，增加了为数不少的故事和虚构情节，但是杨贵在林县干了 22 年县委书记是个不争的事实。他以"我将无我"的精神带领全县人民完成了人工天河红旗渠的修建，树立了共产党人为人民的事业勇于担当的光辉形象，也是不争的事实。今天，通过电视连续剧这种视觉艺术，再现当年红旗渠建设的伟大实践，不仅是对这一壮举的深情怀念，更是对伟大建党精神的赓续与传承。

20世纪50年代末60年代初期，成立不久的新中国无论是在经济建设还是在社会发展方面，都还存在着不少困难。是知难而进、带领人民群众共克时艰，还是只为自己的所谓"政治前途"考量而消极应付，是衡量真假共产党人的试金石。电视剧里的林县县委书记林捷，就是在这个关键时刻，找到了共产党员应该有的位置——为人民造福。他在深入基层调查研究、听取大量群众意见的基础上，顶着重重压力，决定了红旗渠的上马，并且在遇到官僚主义、保守思想和世俗观念挑战的时候，以共产党人为了人民事业而应有的大无畏精神，先给自己刻下"千古罪人林捷"的石碑，坦言："如果修不好红旗渠，我就在立着这块石碑的太行山上跳下去！"这气吞山河的气概、大公无私的胸怀，着实令人动容。

时刻把人民装在心中，是林捷身上最为显著的政治本色。心里有百姓，出主意、想办法必然是一切为了群众。林县地处太行山深处，缺水问题由来已久。以前也不是没人想过这个问题，但更多的是，一遇到实际困难和个人利益冲突，就打了退堂鼓；另外，以前的社会制度也没有条件。而林捷为什么行？为什么敢于发动群众外出"找水"？就是因为他深深了解自己的这个党，内心充满着高度的宗旨自信和社会制度自信，所以他敢想、敢干、敢负责任。而那些摆出官僚主义、本本主义、教条主义的余副书记、童副书记们，尽管满口的政治名词，但充其量不过是喊喊口号、装装样子。

不忘初心、牢记使命，是共产党人最宝贵的政治前途。一切想着人民，一切为了人民，党领导的事业就有取之不尽、用之不竭的源泉。《红旗渠》电视剧里的那个童坤，曾经摆出一副关心林捷"进步"的样子，假惺惺地规劝林捷"要考虑一下自己的政治前途"。但是，在林捷看来，全心全意为人民办实事，就是最好的政治前途，失掉了人民，就失掉了一切。他不需要那种脱离群众的所谓"政治前途"，因此，他能够在尖锐的斗争和复杂的局面之下，顶得住压力，抹得开面子，敢于发扬斗争精神，表明自己的政治观点。所以，他赢得了人民群众的信任，赢得了各级领导的理解和支持，他成功了。

红旗渠的故事发生在 60 多年前，但时至今日其仍有教育意义。我们之所以倡导学"四史"、学英雄，就是要让人们看到历史发展的巨大动力和推动社会进步的浩然正气，倡导对国家对人民高度负责的精神。习近平总书记曾说："这么大一个国家，责任非常重、工作非常艰巨。我将无我，不负人民。"这种无私的言行、崇高的风范，正是来自对我们党的历史的深刻了解，是对许多优秀党员政治本色的凝练概括。杨贵同志和林县人民兴修红旗渠的壮举，必将像愚公移山的故事那样，世世代代流传下去。

（原载于《人民政协报》2021 年 11 月 8 日）

《功勋》的启示

最近一段时间，我一直被中央电视台播出的建党 100 周年优秀电视剧吸引着。不管哪一部，看完之后回过头去想一想，都是激动了不知多少次，流泪了不知多少回，并且我会把自己的感受写下来，发表出去。每次做完这件事情，都有一种为党的宣传工作拍手叫好的感觉。

这几天我看的电视剧是《功勋》。这部剧取材于首批 8 位"共和国勋章"获得者的真实故事，用单元剧的形式，串联起他们的人生华彩篇章，用人们耳熟能详、可感可知的真实故事，唤醒了对中国共产党建党初心的深情回顾和对人民的解放事业、建设事业作出卓越贡献的英模人物的敬仰与怀念。一位入党 50 多年的大学教授在和我聊起这部剧时说："《功勋》把这么多英模人物用单元剧集中起来，看了让人提气。"这些英模人物的事迹不仅增强了中华民族的文化自信，更重要的是进一步加深了群众对党的信任和对实现中华民族伟大复兴的信心。

"共和国勋章"获得者们的人生经历，既是他们忠于党、忠于国家，坚定信念和不屈不挠奋斗精神的个体表现，也是我们党教育和培养人才取得丰硕成果的体现。观众在看了这部剧之后，之所以不约而同地热血贲张，从内心深处感到这些英模人物可信可敬，是因为这些人物的成长过程始终与党和国家前进的步伐相一致，与人民群众对社会前进的节奏形成共振。

不管是申纪兰对"男女同工同酬"的锲而不舍，还是屠呦呦为了研究抗疟青蒿素坚持的"拗"劲儿；不管是李延年的居功不自傲、毕生为人民，还是杂交水稻之父袁隆平的鞠躬尽瘁；不管是孙家栋的"天路"，还是张富清的默默无闻；不管是黄旭华的"深潜"，还是于敏的甘当无名英雄。《功勋》的最大功勋，就是把这些英雄人物伟大出于平凡的人生经历和成功经验展现给观众。具体来讲，就是牢记初心使命，听党的话，跟共产党走，为了祖国和人民的事业奋斗终生。并透过他们工作和生活的细节，形象地告诉观众，他们为什么行——因为他们有信仰，有全心全意为人民服务和不怕困难的奉献精神。

8位功勋人物的事迹之所以让人热血沸腾，很重要的是他们的无私奉献代表了大多数人的共同心愿。老英雄张富清从部队转业后，由陕西洋县到湖北恩施州来凤县的三胡乡镇工作，面对那么多的矛盾和困难，他把为人民造福作为自己为党工作的出发点，桃李不言，隐瞒功劳，不计名利，不怕牺牲，把一个穷山恶水的地方改变了面貌。李延年参加过大小战斗20多次，抗美援朝作战中在部队伤亡严重的情况下，他指挥部队协同作战，毙伤敌军600多人，荣立特等功1次，三等功、小功若干次，被志愿军总部授予"一级英雄"荣誉称号，获得朝鲜民主主义人民共和国自由独立二级勋章、三级国旗勋章。他始终保持老英雄、老党员、老军人的革命本色，居功不自傲，自身要求严，离休后被评为"先进离休干部""优秀共产党员"。至于为国家饭碗和国之重器作出重大贡献的袁隆平、孙家栋、黄旭华，为研制抗疟药物脚踏实地、不畏浮云的屠呦呦，以及为妇女解放作出卓越贡献的申纪兰和默默无闻的于敏，全都有血有肉、形象丰满。

《功勋》的片头，采用浓缩式的手法，把8位功勋人物成长过程的相貌展现给观众，让人们看着他们从英俊潇洒的青年向大家走来，直到走成一位老人，仍是念念不忘党的事业，念念不忘人民群众。一个人只要时刻念念不忘祖国和人民的事业，就一定会在自己的岗位上作出优异贡献，成为民族骄傲、国之栋梁。观众看着他们从年轻走到老年的变化，仿佛穿过时间的隧道，看到最可爱的人就这样为我们拼来了山河无恙。这样的功勋群体，是我们民族的骄傲、国家的光荣。

《功勋》的成功，有艺术手段上的创新，但打动人心的根本，在于它把革命的现实主义与生活的浪漫主义进行了有效结合。这得感谢创作者、表演者和制作者深入生活、还原生活和对功勋人物内心世界的深刻理解和挖掘。未来，我们期待着有更多类似的好作品问世。

（原载于《人民政协报》2021年11月1日）

共产党人好比种子

最近的电视连续剧《花开山乡》，讲的是青年干部白朗从中央机关下派到淅川县的偏远山村芈月村担任"第一书记"的故事。他凭着强烈的使命意识、过硬的素质和火热的情感，带领村"两委"和全体村民，在脱贫攻坚的关键时期，面对国家重要水源地生态建设的保护限制与养殖、矿山开发之间产生的巨大冲突，不等不靠，狠抓党建，将生态文明建设和乡村振兴的实际结合起来，处理了许许多多棘手的矛盾和问题。他兴办资源再生透水砖厂、种植玫瑰，用智慧和勇气闯出了一条兼顾多方利益的科技创新致富之路。

随着剧情的拓展和推进，芈月村的故事让我想到了毛泽东同志曾经说过的话："我们共产党人好比种子，人民好比土地，我们到了一个地方，就要同那里的人民结合起来，在人民中间生根开花。"近年来，在以习近平同志为核心的党中央领导下，在全国范围内实行的机关干部到基层农村担任"第一书记"以及与此相配套的到农村支教、支农等，正是我国进入社会主义新阶段的突出特征。这充分体现了我们党"不忘初心，方得始终"的宗旨。而投身到最艰苦的农村去，帮助农民兄弟实现小康，既是共产党人义不容辞的义务，也是我们党进行新时期伟大斗争必须身体力行的政治责任。

不怕困难是共产党人最为优秀的光荣传统，也是我们党立党初心的具体体现。当白色恐怖黑云压城、山城欲摧之时，置身于工人农民之中的中国共产党人，通过农村调查、工厂座谈、与小商小贩促膝谈心、在军队实行官兵一致等方式，了解和掌握了真实的国情和中国革命的方向。当前，我们进入社会主义发展的新阶段，革命和建设都面临着极其尖锐复杂的形势。9月3日习近平同志在中央党校中青年干部培训班讲话中，从坚定斗争意志、把准斗争方向、明确斗争任务、掌握斗争规律、讲求斗争方法五个方面系统阐述了斗争理论和斗争实践，引导和教育广大中青年干部敢于斗争、善于斗争。从这个角度讲，电视剧《花开山乡》里的主人公白朗，正是这样一个敢于斗争、善于斗争的优秀共产党员。

白朗的敢于斗争、善于斗争，是以广大农民群众真心实意的拥护和支持为基础的。党员干部赢得人民群众的拥戴和支持，首先是他有着很强的群众观念，全心全意为人民服务。建党初期，一大批早期加入党组织的共产党人，怀揣着"星星之火，可以燎原"的革命信念，把自己当成一粒火种投入人民群众之中。"第一书记"白朗，正是继承了这一光荣传统。自从到芈月村担任"第一书记"，就始终把自己定位为人民公仆：老百姓到外地打工因窑体坍塌致死，黑窑主不仅不赔偿，还污蔑农民工违规操作。白朗深入现场，在掌握大量事实的前提下，依法将黑窑主告上法庭。不法商人勾结县里个别官员和村霸，向芈月村玫瑰谷倾倒大量垃圾，使绿水青山遭到严重破坏，白朗带领全体村民进行了坚决的抵制和斗争。黑心老板和贪官污吏用写匿名信的手段把白朗告到北京，村里的老百姓联名写下"血书"，力挺这位人民的好书记。

一部 34 集的电视连续剧，每一集都充满着绵密的故事，每一个细节都紧紧围绕着"第一书记"带领村"两委"克服重重困难，将一盘散沙的村民团结成乡村发展的生力军，在巩固脱贫攻坚成果的基础上，保卫绿水青山，建设美好家园，打造生态宜居的美丽乡村。而所有这一切，无不彰显着一个道理：共产党人这粒种子，只要自己不秕不糠，埋在群众的黄土地里，总能发芽成长。

改变农村落后面貌究竟靠什么？要靠党的正确领导和正确的路线、方针、政策。但是，好的政策要靠好的党员干部带头落实。带领群众的最好办法就是把自己投入到群众当中去。种子好，出好苗，种子差了草欺苗。白朗到芈月村担任"第一书记"之前，好端端的山村因为班子的软懒散，给落后分子甚至黑恶势力留下可乘之机，群众没有积极性，生产发展不起来。白朗来后，找到了问题的症结，并由此入手，进行刮骨疗毒式的治理，创造了良好的政治生态，使曾经一度人愁、村穷的芈月村成为全县的先进典型。

如今，人们对芈月村发生的巨变，都有着共同的感受。《花开山乡》这部电视剧跌宕起伏的故事情节，也给广大党员干部上了一堂深刻的党性教育课：只要我们的党员干部和人民群众紧紧地站在一起，脚踏实地为人民干实事、干好事，就一定会在群众之中生根开花，结出丰硕的果实。

（原载于《人民政协报》2021 年 10 月 25 日）

用好革命文物，讲好英模故事

刚刚坐实的果子，总不如开在枝头的鲜花耀眼、耐看。但是，度过了生命的酸涩期，果实便逐步变大、变红、变甜。赞美鲜花的人们，便开始赞美硕果了。因为他们闻到了果实的醇香，咀嚼到了甜蜜，嗅觉、味觉把他们从对花的赞美升华到了对一株大树的膜拜与礼赞。

这让我不禁联想到最近几部电视连续剧里看到的革命历史文物、已故革命先烈、英模人物被原汁原味搬上屏幕的镜头与故事细节。由于这些文物和英烈，早就存在于普通民众心目中，因此观众会产生特别亲切的感受与认同。

比如，在电视连续剧《大决战》淮海战役的戏份里，在山东民工推着小车支前的队伍里，人们突然看到了人民的好书记焦裕禄的身影，而且自始至终都保留了他在这支支前队伍里应有的故事。这既是历史的真实，又是电视剧作者和导演深入挖掘创作素材的匠心体现。当年，穆青等同志写作焦裕禄同志的感人事迹时，只着重表现焦裕禄县委书记的身份，没有涉及他青年时期的经历。但在焦裕禄的家乡，他在淮海战役时支前的事，早已为人们津津乐道。

这次拍电视连续剧，把焦裕禄同志支前的事迹写进去，不仅让观众更加深刻地理解这个优秀县委书记的精神成长的赓续过程，弥补了当年穆青等同志在采写《县委书记的好榜样》时未能全豹的遗憾，更为我们正确理解"焦裕禄为什么能成为焦裕禄"起到了精神溯源的作用，找到了焦裕禄在党的教育和培养下献身革命事业更加充分的依据。焦裕禄同志参加淮海战役支前之前，正在我的故乡山东省商河县龙桑寺参加省里抽调的土改工作队，一些仍然健在的老党员和老百姓看了《大决战》中的这个细节之后，都纷纷为青年时期的焦裕禄入戏电视剧所产生的效果点赞。他们说，这才真实，更符合历史实际。

同样发挥出催人奋进作用的，还有革命文物被从珍藏的馆舍里请出来走进荧屏的创举。

电视剧《觉醒年代》除了在"一大会址"、浙江嘉兴南湖红船等地取景之外，许多珍藏在展览馆、博物馆里的文物以及与这些文物相关的人物和故事也出现在电视剧里。比如，剧中的一些文件、图片、手稿、信件、先烈的遗物，都取自上海一大会址展览馆和嘉兴党史博物馆。《大决战》中塔山阻击战胜利之后欢呼胜利的那几面旗帜，几乎都是参战部队获得的实物的复制品。作为曾在军事博物馆看到过实物和当兵之后受到教育的我，发自内心感到荣耀和自豪。《跨过鸭绿江》中不仅有大量被珍藏的文物入戏，更有对毛岸英、杨根思、张积慧等一大批英雄人物的事迹再现。让这些早已家喻户晓的英雄，再次有根有据地复活在人们的脑海里。

过去很长一段时间里，许多英模人物和革命文物，很大程度是被摆放在博物馆、档案馆里。如今把这些生动的教材搬上屏幕，让广大观众不仅耳目一新，而且有一种"革命英雄主义教育"又回来了的感觉。

　　中国共产党领导人民进行了一个世纪的艰苦卓绝的革命斗争和改天换地的建设，巨大的成就已经使我们的民族和国家成为伟大的东方强国。在这个过程中，党领导人民创造了很多惊天动地的奇迹，也留下许许多多感人至深的人物、文物、故事，这些革命遗产是我们强身壮体和引导教育人民取之不尽、用之不竭的精神富矿。把这些元素经过文艺工作者的创作，搬上银幕，写进小说，把这些故事讲好，是我们这一代人的责任，也是我们的瑰宝。我们已有和既成的这些矿藏，就会像已经完成授粉的花蕾一样，结出越来越好、越来越大且香甜可口的果实。

（原载于《人民政协报》2021 年 10 月 11 日）

"看见"历史典籍　感受传承创新

　　神奇的荧屏，推拉摇移着光芒四射的中华文明；惊人的蒙太奇，衔接着古人与今人、地球与太空、江河湖海与日月星辰、大千世界与冥冥乾坤之间的有机关联。这就是央视节目《典籍里的中国》给我留下的印象。

　　《典籍里的中国》聚焦《尚书》《论语》《孙子兵法》《楚辞》《史记》等流传千古、享誉中外的经典名篇，展现其中蕴含的中国智慧、中国精神和中国价值。给观众以不能自已的激动与联想，更让人们从传统的、停留在书面的解读，变成了今人与古人、历史与现实社会面对面的亲切交流。来源于视觉的冲击往往比单纯的书面理解来得更扎实、更贴切、更贴心。因此，对许许多多的读者和观众来说，《典籍里的中国》可谓"穿越更知厚重，对接愈觉蓬勃"。

　　在观看了几期《典籍里的中国》之后，我突然产生出一种想把自己投入光辉灿烂的文明之中去的感觉。面对屈原的《橘颂》《离骚》，面对徐霞客"大丈夫当朝碧海而暮苍梧"的求索精神，我落过泪，鼓过掌，甚至生出热血沸腾的激动。面对主持人撒贝宁与古代先贤们推心置腹的求教、典籍作者如泣如诉的内心表白、屈原与航天员聂海胜等3名宇航员的亲切对话与交流，我能感受到祖先们的想象力是多么富有浪漫色彩。而以这样的方式展示给观众的，不仅是伟大中华文明身后的历史根基，更是由畅想变成现实的历史真实。它让观众知道，有梦想才有发展，有理想才能奋进。如此视角艺术，发人深省，更让人感奋！

由此，我又联想到我国传统文化的教学与传播。多年来，我们在古典文学和历史上的教学，一直停留在先生讲、学生听的书面教学上。《典籍里的中国》以全新的形式、用多媒体的手段，把古典文学和历史学方面的教育形象直观地告诉观众。这不仅让许多"之乎者也矣焉哉"的艰深内容变得直观易懂，更拉近了学科之间的交流。比如，《徐霞客游记》这一集中，弘祖先生所到之处的地名、地理结构、物产形态、环境状况等，都以多媒体的形式鲜明地展现给了观众，让人过目难忘。

以电视艺术展现优秀典籍，是一个让人拍手称赞的教学方式。把先贤的作品与今人的解读结合在一起，讲述感人至深的故事，运用环幕投屏、实时跟踪等新科技手段，创新设计出"历史空间""现实空间"，并以跨越时空对话的形式营造出"故事讲述场"，生动演绎中华典籍精华的源远流长，既是一个创举，又是对优秀典籍文化的继承。这个节目也让我一直处在一种莫可名状的激动之中，希望我们的电视台、媒体能推出更多更好的此类作品，推动国家文化建设，让文脉更长更广、源流更清更深，让中华文明放射出越来越强的光芒。

（原载于《人民政协报》2021 年 9 月 13 日）

那旗那人那电视剧

又是一年"八一"建军节。作为一名曾经的军人,对于今年的这个节日,我有一种特别高兴又提神的感觉。这种感觉,不仅来自不久前我领到了"光荣在党五十年"的纪念章,还有在《大决战》《跨过鸭绿江》等电视连续剧里看到了我曾经服役的那个部队在战争年代里获得过的光荣称号和奖旗。更让人欣慰的是,我还在网络的一篇长篇人物通讯里,看到了老首长王祥文同志转业到地方之后的事迹。于是,那旗、那人、那电视剧,便在我的脑海里挥之不去,萦绕于胸。

先说那旗。我当兵的炮兵第九团,是一支成立于1945年的炮兵支队。抗日战争胜利后,为了强化中国共产党领导下的人民军队,这支炮兵支队被编入东北民主联军第四纵队。在东北战场,这个团先后参加了多场战役。特别是在1948年10月锦州战役的塔山阻击战中,九团发挥炮兵"战争之神"的作用,以英勇顽强的作风,快准猛狠的火力,打出了炮兵的神威,有力支援了步兵作战,创造了辉煌的战绩。战后,纵队授予炮九团"威震敌胆"的大旗一面。新中国成立后,这面大旗与"塔山英雄团"的军旗并列，陈列于中国人民革命军事博物馆。1968 年，我有幸成为这支英雄部队的一员。前几天，观看电视连续剧《大决战》，我又一次在剧情中看到了这面战旗。我高兴的不仅是那面旗帜被基本保持原样地搬上屏幕，更高兴的是习近平总书记提出的"发扬光荣传统，赓续红色血脉"的重要指示，已经成为人民群众喜闻乐见的艺术形式，正在深入人心。

再说那人。我当兵时，部队的干部队伍基本是以参加过解放战争和朝鲜战争的老同志为主体。和他们朝夕相处的日子里，我从这些老首长、老战友的身上学到了许多优秀的品质和作风。这次庆祝建党 100 周年，我在网络上看到了介绍曾经和我一起工作过的老首长、老战友王祥文同志事迹的文章。这太让人高兴了。

1968 年春天，我刚到炮九团当兵时，王祥文是在上甘岭战役中荣立集体一等功的八连副指导员，大家都知道他是在上甘岭战役中荣立过一等功的功臣，可他从来不提这些。两年之后，王祥文从八连调到团政治处群工股当副股长。这个时候，我在政治处报道组当通讯报道员，每年的 10 月 25 日和 10 月 14 日这两个日子（前一个是志愿军入朝作战纪念日，后一个是上甘岭战役纪念日），我们都要代笔为王祥文同志写署名文章，听他讲述那些朝鲜战场上的故事。

1974 年，我复员回乡，听说王祥文也在两年后转业到内蒙古一家社办糖厂当了支部书记。这些年来，我一直打听他的消息，可总也没有得到准确的回答。直到有一天我打开网络，一眼就看到了介绍王祥文同志英雄事迹的长篇人物通讯。我小心翼翼地把他 92 岁的照片下载下来，复印后拿给家里人看，给孙子们讲述王祥文的故事。

人对荣誉的珍惜，常常表现在对军功章的珍藏上。而王祥文同志珍惜这份荣誉的方式，就是将其获得的荣誉证章全部隐藏起来存于心底，从不与人讲说。或许，在他看来，这份荣誉，应当归功于那些血染疆场的战友，归功于培养教育自己成长的组织和领导。老首长，老战友，又到"八一"建军节了，你还好吗？你还记得那个在报道组听你讲故事的战士吗？请你接受我这个分别48 年、相距千里之外的老兵的致意！

今年以来，尤其是庆祝建党 100 周年活动以来，电视节目、舞台形象，比前些年有了很大改观，歌颂党、歌颂祖国、歌颂人民军队，反映小康社会进程、倾听人民心声的作品越来越多。尤其是《大决战》《跨过鸭绿江》两部军事题材的电视连续剧的播出，在全国引起了巨大反响，当兵光荣的气氛越来越浓厚。结合最近一个时期河南遭受水患，军队冒险救灾和军队撤离时人民群众唱着《十送红军》夹道相送的热烈场面，很是让人感动。这让我们这些曾经当过兵的人也从内心充满了说不尽的自豪感。"八一"到了，向我们的人民军队致以崇高的敬意！

（原载于《人民政协报》2021 年 8 月 2 日）

第六辑

掬一捧甜水谢党恩

"盛水家什儿"彰显大国风采

　　20世纪四五十年代，我国自然灾害时有发生，华北平原上接连的水灾和旱灾，让许多地方群众的吃水都成了问题，乡亲们无不焦急地念叨：咱们国家什么时候才能给人民弄上"盛水的家什儿"啊。

　　老百姓所谓的"盛水的家什儿"，其实就是渴望国家能兴修水库，让大家用上安全、方便的水。

　　人民的盼望就是共产党人的责任和义务。在毛泽东同志和党中央的部署下，兴修水利成为新中国成立后的一项重点工作，三门峡水利工程、青铜峡水利工程、李家峡水利工程，都是在那个时期修建的，以解决皖鄂豫边区群众吃水为主要目的的安徽金寨水库，甚至早在1952年就开始动工修建。

　　然而，在旧社会废墟上进行大规模的水利建设，总要经过一段时间的探索与实践。20世纪60年代，为响应党中央"一定要根治海河""一定要把黄河的事情办好""一定要把淮河修好"的号召，一场以大兵团作战为特点的大江大河治理次第展开。这场旷日持久的治理与田间配套工程相结合，为改变我国农业长期落后的面貌打下了坚实的基础，也为之后开始实行农业生产责任制做了很好的铺垫。

记得20世纪70年代末刚实行农业生产责任制时，哪里能用上黄河水，哪里的经济发展就突飞猛进。地处鲁西北的德州、滨州、聊城、菏泽，一直是全国12大贫困片区之一，就是因为实行生产责任制，再加上黄河水的利用，才打了漂亮的翻身仗。这些事实都证明，有了好的政策，把"盛水的家什儿"弄好，就能让父老乡亲过上好日子。

于是，从20世纪90年代开始，国家在持续加大大江大河治理投资的同时，一方面动工修建关系国计民生大局的葛洲坝水利枢纽、三峡大坝水利工程、小浪底水利工程等骨干项目，另一方面开启了在市县因地制宜修建大中小型水库的工作，并逐步将其列入国家计划。通过实行国家、地方和项目所在县市联合投资的办法，兴建了一大批让群众看得见、用得上的"盛水的家什儿"。

这些中小型水库，旱能浇、涝能排，又能同时解决群众吃水困难和工业用水急剧增加的问题，受到人民群众的普遍欢迎。30年前，我在山东省庆云县工作，用一年多的时间修建了一座小型平原水库。开机蓄水那天，周围群众敲锣打鼓、载歌载舞，举着"告别千年苦水，迎来万代甘甜"的横幅，反复高呼"共产党万岁"的口号。那情景，至今都令我难以忘怀。

最近，我从山东省水利部门得知，到2021年，山东省各类水库已经达到5721座。其中除了省里管理的10座大型水库外，其余都是市县管理的中小型水库。这些"盛水的家什儿"星罗棋布于齐鲁大地，让水资源科学合理运行，实现了千百年来"水随人意"的梦想。

进入 21 世纪以来，山东省不仅农业生产做到了旱涝保收、连年丰收，而且工业和第三产业的快速增长也有了充分保证。尤其是习近平总书记"绿水青山就是金山银山"的理念提出后，各地在水库建设中坚持蓄水与文旅同时考虑，建一座水库就要带起一处景观，水库在惠及工农业生产的同时，更是创造出了许多让人心旷神怡的风景区和旅游景点。

去年国庆节期间，我在聊城的"江北水城"遇到一位在儿女陪伴下到库区游览的百岁老人。他高兴地说："过去修水库，就是指望能有个'盛水的家什儿'，没想到现在修水库跟建设城市一个样，建起来就是一座城。从古至今，也只有共产党人能办成这件事。"老人一边说，一边伸出大拇指点赞称好。

如今，每当看到这些大大小小的水库，都会让我亲水、爱水的情结越来越浓烈。同时也让我强烈地感受到，这些点缀在全国各地的"盛水的家什儿"，不仅彰显了大国气概，更是中华民族伟大复兴的重要象征，是对人类治水的重大贡献。

（原载于《人民政协报》2023 年 11 月 6 日）

树立大食物观是目标更是责任

2023 年的中央一号文件，提出"树立大食物观"，这让我印象深刻。

树立大食物观，加快构建粮经饲统筹、农林牧渔结合、植物动物微生物并举的多元化食物供给体系，分领域制定实施方案，是我国全面进入小康社会条件下的一种历史必然。它既是"人民高于一切"这一理念的具体体现，也是我国经济建设和发展水平的体现，更是一个执政党对人民、对世界敢于负责的历史担当的本质体现。

大食物观带给我们的，是对我国现阶段生产力水平的再认识、再提高，是端好中国人自己饭碗的客观需要。例如，在保证水稻、玉米、大豆等主要粮食作物产量的前提下，适当调整种植业的粮经比例，加大肉蛋奶果蔬菜鱼等产品的产出比例，让大家吃得更舒服、更健康，正是大食物观的基本要求，也是对人民的身心健康负责。

"大食物观"的提出，同时也为种植业、养殖业的科学布局与合理分工提供了切实可行的成功经验和理论依据。食物多样化，吃喝讲营养，对种植业、养殖业提出了更高的要求，也为农业生产的分工与合理布局提供了更为广阔的天地，从而使人们的膳食结构、饮食习惯有了更加合理的搭配与调节。近年来，在我国东部沿海地区，人们可以随手买到来自新疆的哈密瓜、葡萄、无花果等美味可口的水果。就是想吃一口原产地的馕饼，也可以用手机网购在短时间内一饱口福。这种产地交流、饮食习惯的交流，不仅带给人们美食享受，更进一步增强了人们对祖国的向心力和荣耀感。

2018 年，我受国家涉农部门委托，到广东省调研新中国成立以来农垦事业发生的巨大变化，先后走访了广州、茂名、湛江三地的农垦局。让我新奇又振奋的是，这里已经不再以种植水稻等粮食作物为主，种植火龙果、牛油果、柑橘、榴莲、芒果和许多叫不上名字的热带水果，已经成为这里的主流。

无独有偶，我的故乡山东省滨州市沾化区，是我国冬枣的主产区。如今的沾化冬枣，不仅在产地热销，更是网络买主的抢手货。为了提高冬枣销售收益，农户们运用大数据，实现网上销售，受到了客户的欢迎。而数字农业的探索，也为整个产业链带来了更多红利。

2022 年 9 月，我来到内蒙古自治区喀喇沁旗。在这里，曾经长期为能够吃上新鲜蔬菜而犯愁的山里人，如今用农业大棚栽种了各式各样的蔬菜，其中已经形成规模化生产的优质西红柿，不仅满足了本地居民的生活需求，还被源源不断地销往黑龙江、吉林等地。而促成这种改变的一个重要原因，就是每个村子都配备了一名专业对口的本科生或研究生。长期以来，许多人把大学生回农村看成是大材小用或者人才浪费，但在喀喇沁旗，许多年轻的高学历人才却在农村一显身手。他们说，今天才真正读懂了"农村是一个广阔的天地，在那里是可以大有作为的"这句话的内涵。

一个有着14亿人口的大国，如何地尽其力、人尽其才、物尽其用，已经成了国家和百姓共同关注的大事。因此，在人们物质生活条件有了基本改善，衣食住行变得称心如意之后，树立大食物观并及时引导人们改善饮食习惯，从吃饱穿暖向吃得更健康、更合理、更科学转化，既是奋斗目标，也是历史责任。

（原载于《人民政协报》2023年3月27日）

我要继续给政协报当好通讯员

20世纪90年代，我在县里担任县委书记的时候，开始接触《人民政协报》。当时总的感觉是——这份报纸明显体现了党的统一战线工作的特点，传达着中央和国家的声音，连接着基层群众，是一份接地气、记实情的报纸，对政协统战工作的开展很有指导意义。

成为第十二届全国政协委员后，我与政协报走得更近了。从履职尽责的角度出发，我经常给政协报撰写一些读书笔记和感悟性文章。2016年深秋季节，我跟随全国政协民族和宗教委员会调研组赴山西、湖南两省调研，同行的除了民族宗教界人士，还有人民政协报《民意》周刊原主编毛立军，一路上我们相谈甚欢。毛立军主编发现我对铭记乡愁、振兴乡村的话题比较感兴趣，就说："我们报纸给您设立一个专栏吧。"于是，我的"远去的乡韵"专栏就在民意周刊开栏了。这个专栏从2017年1月9日开栏，到2019年8月27日结束，共刊登我写的随笔114篇。后来，我把这些文章结集出版，读者给了我很多鼓励。

政协委员在人民政协报开辟专栏，可以用文章上联党和政府的政策，下通闾阎百姓的生活实情，既能钩沉过往生活的乡愁，又能体味今天生活的幸福与美好，在对比中留住生活的真善美，鼓起踔厉奋发的向上精神，增强中华民族伟大复兴的前进动力。比如，通过对故乡本草的回忆和对中草药"杜仲"的介绍，我真实地记录了故乡农村重视并利用中草药的一些故事。虽然没有直接参政议政，但是这些故事客观上起到了宣传和保护中草药的作用。

政协委员除了两会期间和日常工作中可以将需要提请注意的、带有全局性的问题或建议写成提案，其他时间也可以通过报纸沟通很多事情。比如，关于大江大河的治理是一个永久性话题，需要经常讲、反复讲。作为全国政协委员履职的 10 年间，我曾经就黄河治理提过 18 件提案。尽管每次提案都能得到满意的答复，但是一项牵涉全局性的工作，从接受建议到进入决策，再到付诸实施，常常需要较长的工作周期。而在报刊上把自己的观点发表出去，可以减少一些中间环节，甚至有些事情可以由各个地方按照规划内的部署提前行动。为此，我在履行委员职责、坚持提交提案的同时，把一些建议写成随笔和文章发表，也起到了促进工作开展的作用。这个办法真的很管用，在我的故乡和我工作过的地方，都有受到我文章的启发，对黄河古道治理、荒碱地治理提前开工的例子。在"远去的乡韵"这个专栏里，我发表了 7 篇与黄河、大运河治理有关的文章。这些文章和故事，反过来又糅进了我的提案观点中，使我提交的提案内容更具体，更能形象地表述自己作为一名政协委员对黄河治理与保护的看法和建议。

专栏在辅助我参政议政的同时，也促进了我与读者之间的交流。有位读者朋友把载有我文章的专栏剪辑在一起，推荐给朋友和同事阅读，并且亲笔抄写了一份文章目录发给我，让我非常感动。

我的札记能够在政协报形成专栏，是报社对我的厚爱，充分体现了人民政协报始终与委员紧密联系在一起。作为一名"老委员"，感谢报社对我的支持，我要继续给政协报当好通讯员。

（原载于《人民政协报》2023 年 3 月 24 日）

经营好土地的"芯片"

饭碗的源头是土地，土地的"芯片"是种子。

作为农业大国，中国对种子问题历来特别重视。早在公元6世纪，北魏杰出农学家贾思勰就在其著作《齐民要术》中，记载了关于土地、农作物种植、养殖业、酿造业以及食品加工等领域的内容。几百年后，明朝的宋应星又把一部凝结着古代先贤智慧的《天工开物》推到了世人面前。书中同样用浓笔重墨，精心介绍了农业生产技术和其亲眼看到并研究、实践的操作技术。两个人物，两本巨著，不仅详细证实了我国农业发展、种质资源保护等方面的历史，更记述了我国人民把搞好农业生产、培育优良品种作为国之大者、民之遵从的传统。

土地能承载什么样的资源，是衡量土地质量的重要标准。记得1994年中国农业出版社出版的《中国农业全书》曾记载，山东作为农业大省，有各种生物资源3100余种，全省共征集、保存各种作物品种15500份，其中具有地方特色的土特名产近百种。尤其是粮棉油烟菜，更是排在全国前列。然而，就在我们得意于种植业资源丰厚的同时，一个时期之内，科研水平的落后，却致使我国种质资源发展受到了严重威胁。

党的二十大报告指出，要加快建设农业强国。但我国种业在国际市场地位较弱，强化生物育种，捍卫种子安全已经成为我国当前农业生产和发展的战略性问题。目前，我国水稻、小麦这两项最为重要的主粮种子已完全实现了自给自足，但部分蔬菜种子进口依赖度仍较高。根据农业农村部的公开资料显示，2021年我国农作物种子贸易额达到10.1亿美元，但是进口额高达6.8亿美元。其中蔬菜种子尤其是一些高档蔬菜品种，大都依赖进口。而之所以造成这样的局面，主要是因为国内很多种子科研机构和企业研发力量薄弱，没有形成完善的市场化种业良性发展机制，导致培育的很多种子在质量方面和国际先进水平还存在一定差距。

近年来，国家已经意识到种子安全的战略地位。在今年中央一号文件中，再一次清晰地表述了"中国饭碗"的重要性。文件中5次提及稻谷和大豆，4次提及小麦，2次提及玉米，强调"要抓紧抓好粮食和重要农产品稳产保供，确保全国粮食产量保持在1.3万亿斤以上，各省（自治区、直辖市）都要稳住面积，主攻单产，力争多增产，全方位夯实粮食安全根基，实施新一轮千亿斤粮食产能提升行动"。要实现如此宏大的奋斗目标，就要求土地管理者、经营者把土地的"芯片"——种子生产搞好。

如今，经过多年风风雨雨的磨炼，我国种子生产已经走上了科研机构、民间机构、天上地下联合攻关的道路，形成了"人人关注良种良方"的良好氛围。相信农业良种的生产，必将成为我国乡村振兴的强大动力，成为保障我国农业生产持续提高的根本，从而让"中国饭碗"更加稳固地端在人民自己手中。

（原载于《人民政协报》2023年2月27日）

新的一年，跟上时代，前进吧！

捧着收获，揣着梦想，我们又一次来到了年末岁首的临界点。

白驹过隙，原来这"隙"的短暂，竟然连子夜时分一声钟响的余韵都顾不得听完，就完成了岁月的新旧交替。捧着热得发烫的成绩单，我细数着刚刚走过的一年，手心里蹦蹦跳动着的那些收获，就像五线谱上那些快乐的音符，欢快地吟唱着幸福的歌。

最动人心魄的，当然是中国共产党第二十次全国代表大会带给人民的幸福感、获得感。怀揣着中华民族伟大复兴的中国梦，我们在2022年迎来了中共二十大的胜利召开。党中央为我们擘画了党团结带领全国各族人民全面建成社会主义现代化强国、实现第二个百年奋斗目标，以中国式现代化全面推进中华民族伟大复兴的宏伟蓝图。赶上这样的岁月，有了让人民爱戴的伟大领袖，实在是我们这辈人的幸福。

幸福的舞步踏着欢快的鼓点儿，脚下的节奏每一步都充满着诗意和快乐。山东德州是我工作了21年的地方，当年那个"旱收蚂蚱涝收鱼，不旱不涝起碱皮"的地方，如今成了中国饭碗的大粮仓。10 年前，全市 11 个县市区全部实现亩产吨粮，近年来又向着亩产更高的目标奋进，并在 2022 年达到了预期产量。

天下有道，则与物皆昌。不仅五谷丰登、六畜兴旺，就连树上的鸟儿、河里的鱼、天上的雁，也都格外欢畅。前不久，我回到曾经工作了 5 年多的庆云县，当地生态环境的变化，让我感觉目不暇接。马颊河与德惠新河在庆云县交会的两河三堤，如今已经变成了绿树掩映、碧水绕城的大花园；严务水库、双龙湖水库两座平原水库，就像镶嵌在大地上的两颗晶莹宝石，成群的大雁、海鸥、野鸭起起落落，把"绿水青山就是金山银山"的理念诠释得淋漓尽致。

近年来，生物多样性保护措施的实施，不仅为科学研究提供了良好的环境，也让广大农村"沾了光"。今年，我在黄河入海口平原上走了八个县的农村，让人心旷神怡的是，我们的农村变得越来越漂亮，许多过去平原上没有的植物，如今成了装点环境的必需品种。比如，核桃、柿子、木瓜这类过去在当地很难见到的干果、鲜果类树种，如今成了农家小院装点门庭的风水树。冬季的麦田里，也时常可以看到翅羽鲜艳的金鸡和体形硕大的大鸨起起落落。

天下有道，田间技艺开新宇，坊市营生连万家。看看如今的农村，全是一盘活棋。怪不得古人说：人行天下，物通天下。新时代治国理政的理念和措施，正在让我们的国家变得越来越强大、富庶、美丽。

作为全国政协委员，我每年都抱着对党和国家认真负责的态度，向有关部门提出自己的提案，这些提案也都能得到及时的研究和回复。2022 年全国两会期间，我提交了 9 件提案，截至 11 月底，除两件尚在研究落实之中，其余都有了令人基本满意的回复。比如，我 2022 年 3 月提出的黄河滩区土地整理与保护的提案，很快得到了水利部等部门的答复，并且在实际工作中采取了强有力的措施。这件看似平常的事，却从非常具体的层面反映了我国民主制度建设进程有了突飞猛进的进步。

展望 2023 年，国家在党的二十大精神指引下正扬帆起航。我是一个听惯了冲锋号的人，号角已吹响，队伍要出征。跟上时代，前进吧！

（原载于《人民政协报》2022 年 12 月 26 日）

弘扬光荣传统　赓续红色血脉

——学习习近平总书记"七一"重要讲话的体会

　　习近平总书记在庆祝中国共产党成立 100 周年重要讲话中指出："一百年来，中国共产党弘扬伟大建党精神，在长期奋斗中构建起中国共产党人的精神谱系，锤炼出鲜明的政治品格。历史川流不息，精神代代相传。我们要继续弘扬光荣传统、赓续红色血脉，永远把伟大建党精神继承下去、发扬光大！"学习讲话，深刻理解习近平总书记重要讲话的伟大意义，对于我们发扬中国共产党伟大的建党精神，实现中华民族伟大复兴，有着非常重要的意义。

　　我们党从开创之初，就秉承了全心全意为全国各族人民服务的宗旨，这不仅表现在从建党之初就有多个民族的先驱加入这一基本事实，更重要的是在党的成长壮大史上，把为全体人民服务作为建党精神这个同心圆的圆点。这就使中国共产党的立党根基有了伟大的包容性和坚实基础，最大限度地吸引和凝聚了最普通的工人、农民及社会各个阶层的人民群众。所以，中国共产党才有了人民的拥戴与支持，才能取得民主革命和社会主义建设、改革开放和现代化建设的伟大成就。发扬党的光荣传统，最根本的就是要发扬党的建党精神，牢记初心使命，承担历史责任，无愧伟大时代。

中国共产党的建党精神，还表现在若干构成这种精神图谱的具体路线和政策措施上。党的统一战线，把团结一切可以团结的力量集中起来，共同投身于实现党的奋斗目标伟大实践，就是中国共产党的三大法宝之一。中国共产党始终把对各民族、各党派和各界人士的团结视为党的统一战线法宝，明确提出，国家的统一、民族的团结，是我们各项事业成功的根本保证。建党初期，中国共产党内就出现过邓恩铭、郭隆真、刘清扬等少数民族党员，他们的入党，没有哪一个人是从狭义的民族定义出发，只为自己出身的那个民族奋斗，而是为中华民族、为全人类的解放事业斗争。中国共产党对少数民族包括宗教人士的团结和共事也值得称赞。不管是长征路上刘伯承与小叶丹的歃血为盟，还是新中国成立后党实行的各民族一律平等、宗教信仰自由等政策，都最大限度地保护了少数民族和信教群众的人权。以山东省为例，新中国成立初期信仰伊斯兰教的少数民族只有不到 20 万人，如今发展到接近 70 万人。再回观国家对西藏、新疆等民族地区实行的自治政策，不仅保证了居住在那里的人民拥有的政治权利，而且让人们享受到了社会主义制度的优越性。这些事实充分说明中国共产党的统一战线政策，是国家长治久安的法宝，是建党精神涵养下的政治品格和执政能力的具体体现。

中国共产党在中国革命和社会主义建设实践中积累和形成的成功经验和光荣传统，既是全党的宝贵财富，也是中华民族和全体人民的伟大创举，发扬党的建党精神和光荣传统，不仅是党的领导和全体党员的事，也是在党的领导下全体人民的共同责任。与人民群众血肉相连，既是党的成功实践，也是党的光荣传统的重要内容和强大力量。何为赓续红色血脉？"赓续"就是不断、连接、连续、持续、延续、继续。党的光荣传统要发扬，就需要我们持之以恒地去赓续。

中国穆斯林群众除了自身的宗教信仰，最重要的就是始终如一地与党和政府保持高度一致。近年来，山东省伊斯兰教协会响应习近平总书记的号召，在穆斯林群众中开展"学四史、忆先烈、跟党走、担责任"的活动，在宗教活动场所开展升国旗、唱国歌、学宪法、弘扬正能量的四进活动，还在回族群众比较集中的社区修建了革命烈士郭隆真、金方昌纪念馆和台儿庄战役纪念馆。把这些具有地方特色的革命传统故事搜集起来，并且融入革命历史的长河中去，就会让人们更加清晰地看到，这些光荣传统与井冈山精神、延安精神、西柏坡精神、沂蒙精神、上甘岭精神、"两弹一星"精神一脉相承，就会更加深刻地理解中国共产党领导人民走过的曲折道路，增强自强不息、砥砺前行、艰苦奋斗的精神，在新的征程上作出更大贡献。

（原载于《人民政协报》2021 年 7 月 22 日）

"中国饭碗"端得稳

一场波及世界的疫情，唤醒了人们对很多问题的思考。比如，粮食问题，我在写作长篇纪实文学《中国饭碗》这本书的时候，和几位朋友聊起来，他们都觉得这似乎是一个不是问题的问题。连年丰收，粮食相对过剩，难道还有必要再为粮食问题惴惴不安吗？然而，时光过去还不到一年，新冠病毒引起的全球性防疫，从世界各地传来粮食生产可能出现危机的信号，很快就把粮食问题提到了与人类生存安全息息相关的高度。这对于我们这个世界东方的农业大国，既是一次百尺竿头更进一步的提醒，也是一次防患于未然的警示。尤其是对于生长在改革开放以后的青年一代，更是一次强有力的教育。

中国共产党领导下的各级人民政府，一直把解决人民群众的饭碗问题放在首位。新中国成立70多年来，特别是经过几十年的改革开放，我国粮食生产已经取得了举世瞩目的伟大成就，不仅成功解决了14亿人口的吃饭问题，居民生活质量和营养水平显著提升，而且在推动世界粮食贸易发展、深化粮农领域的国际合作、维护世界粮食安全等方面，都作出非常重要的贡献。这不能不让人刮目相看。

但是居安还要思危，党的十八大以来，习近平总书记多次到全国各地视察指导农业生产，不止一次地提醒各级领导和广大群众关注粮食生产。习近平总书记强调"中国人的饭碗任何时候都要牢牢端在自己的手上""我们的饭碗应该主要装中国粮"。去年6月，我在黑龙江省建三江农场观看习近平总书记视察农场的录像，看到总书记双手捧起一碗大米，意味深长地说"中国粮食，中国饭碗"时，激动得热血沸腾。我坚信，有中国共产党的领导，百姓的饭碗就有保障，我们的小康，就闪闪发光！

今年发生的疫情是件坏事，从另一个角度讲，也不完全是坏事。人类对粮食生产的忧虑，可以提醒我们：更加珍惜国土资源，爱护土地；更加爱惜粮食，杜绝浪费；更加重视科研，提高粮食生产的科技含量，提高粮食生产的质量和产量。为此，建议全国两会结束之后，由中央有关部委对粮食生产的情况来一次大检查，看看政策落实得怎么样，土地保护得怎么样，让爱惜粮食、节约用粮成为公民的自觉行动和美德。

（原载于《人民政协报》2020 年 5 月 21 日）

加快我国防灾救灾体系建设

防灾救灾体系建设，是世界各国普遍关心与关注的重要问题。党的十八大以来，党中央、国务院从国家长治久安的高度出发，在加强防灾救灾体系建设中，除了《突发事件应对法》这一基本应急法，还相继制定并出台了30余部法律法规，预防和监控体系有了强大的司法支持与制度保障，为我国防灾救灾工作提供了强有力的支持。战胜历次灾害的实践表明，我们有党中央的坚强领导，有比较完备的救灾抗灾体系，有党中央、国务院的英明领导和正确部署，全国一盘棋的协作精神，就能有条不紊地战胜各种灾害。

在取得上述成绩的同时，我们也看到，我国的防灾抗灾救灾体系建设仍然任重而道远。

一是对灾荒史的研究，还存在不足、不够和与实际脱钩的问题。有些科研成果只停留在论文和刊物上，缺乏实践，学术界存在着重成果发表、轻成果应用的问题。灾害的产生虽然是由自然条件造成的，但形成灾荒的基本因素，却是与生产技术水平、特定的社会生产关系以及国家的经济实力、政府职能的履行情况和管理水平有着更为紧密的关系。如今我国经济和社会发展已经走在世界前列，具备了抗拒各种灾害的能力。我们要认真研究和总结我国抗灾救灾的历史和经验，形成具有中国特色社会主义的理论体系和救灾机制，战胜所有可能随时出现的天灾人祸，打赢防灾救灾的战役。

二是缺乏"居安思危"的思想准备，抗灾思想建设的基础被大大削弱。新中国成立70年来，我们经历了一次又一次自然灾害和突发事件的考验，在条件比较艰苦的环境下，人们往往不敢掉以轻心，但随着生活水平的提高、生存环境的改善，特别是随着各级领导干部的逐步年轻化和新一代社会成员"福窝窝里生、蜜罐罐里长"的现实，人们的抗灾意识呈下降趋势。人员更新了，科技水平提高了，设备先进了，但绝不意味着一些常识性的救灾知识可以弃之不用，许多传统的救灾办法，在灾难来临之初，"风起于青蘋之末"的关键时刻，常常能起到事半功倍的效果。1996年8月，黄河流域闹水灾的时候，我正在一个县里工作，面对洪水暴涨、大河面临决堤的险情，正是几位退休的老同志，用"挂流""削坡""打桩"等手段，帮助我们战胜了险情，赢得了胜利。

为此，我呼吁，国家应在已有基础上，加快完善防灾体系的建设。一是树立以红色基因传承为基础的思想观念，把人的思想统一到社会主义核心价值观上来，让全心全意为人民服务成为各级干部的自觉行动，让"我为人人"成为人民群众自觉的道德操守。二是大力加强干部队伍建设，针对目前干部队伍普遍"一刀切"的情况，汲取"老中青三结合"经验，让一部分经验丰富的老同志起到传帮带的作用。树立相关机构的担当意识，使其肩上有责任，警钟随时鸣，灾前有预测，吹哨不误时。三是全民进行抗灾防灾教育，让大家在分享胜利成果的同时，牢固树立居安思危的思想，让防灾救灾抗灾成为公民爱国的重要内容。四是加大科研投入和理论储备，搭建研究系统与实际工作系统相互沟通的桥梁和纽带，让沉睡的科研成果变成活的生产力。五是从青少年抓起，在中小学教材中适当增加应对灾害的内容。六是逐步建成由政府、个人、民间等参与的网络式救灾机制，让"匹夫有责"的责任意识和传统得以发扬光大。

掬一捧甜水谢党恩

29 年前，我到地处渤海湾海浸区的庆云县担任县委书记。上任后的第一件难事，就是如何解决当地群众吃水难的问题。

由于这里濒临黄河入海口，地势低洼，海浸严重，地表水高度苦咸，深井水又高碘高氟，群众深受苦水危害。当地群众出于对外地来的客人的礼貌，让人家喝水的时候，如果客人说"不渴"，主人就不无诙谐地自我解嘲："喝吧，喝喝就渴了。"还有人说，庆云县的人生来"口重"，一年要比别的县的人多吃 5 斤盐。群众中流行的"氟斑牙""大骨节"病，更是让人揪心。每年征兵、升学，因身体不合格被淘汰的占很大比重。苦中之苦的南、北十八村，更是有苦难言。民谣说："投胎投到双十八，弯弯树上结苦瓜。面无血色大金牙，走路彳亍腿脚差。"对于这种状况，封建社会历代政府不仅熟视无睹，还在群众最困难的时候，变本加厉地侵吞百姓利益，发生在 1933 年 4 月的"马颊河农民暴动"，就是因国民党县政府县长贪污河道修理款而引起的一次群众性的集体抗争。穷苦百姓面对大旱之年贪官污吏的横征暴敛和贪腐事实，感叹着上天的不公，盼望着早日出现为百姓着想的政府出来解民倒悬，让普通百姓过几天舒心的日子。

这一天终于来到了。从 1924 年春天中国共产党的早期党员刘格平等人到庆云县开展党的活动，到 1926 年建立第一届中共庆云县委，庆云县就开始了抗击封建主义、官僚资本主义和外来势力侵略与解决群众生活困难同时并举的工作。党的基层组织在广大农村组织群众打井、截留雨水等措施，解决群众饮水困难。土地改革时期，中共庆云县委和大批参加土改的工作队员，更是把解决群众的吃水问题作为土地改革的重要内容，全力探索改变庆云县地下水质苦咸的路子。到新中国成立后，已经形成了引导群众修水窖、打深井等行之有效的取水模式。美中不足的是，这些措施不能持久，水窖启用后一过冬，壁上挂的水泥就会脱落，咸水再次浸入。深井虽然水质苦咸度降低，高碘高氟的问题却解决不了。群众说，有史以来只有共产党为老百姓解决吃水问题，该想的办法都想了，可咱这海浸区天生就这样。我接任县委书记后，听着群众的这些反映，深感责任重大。"共产党来了苦变甜"，唱了那么多年，费了那么大劲，难道就真的改变不了？我们认真分析之前改水的办法，发现一是办法太原始，二是范围太狭小，三是没有防止反弹的有效措施。为了克服这些弊端，我们赴京奔省，到水利科研部门咨询，终于找到了用垂直铺塑的办法修建平原水库的路子。这个办法引起了时任国务院副总理田纪云同志的关注，他批示有关部门给予关注。我们用两年的时间，在北十八村修建了一座占地 6300 亩、蓄水 1520 万立方米的平原水库。开机蓄水那天，老百姓打着"告别千年苦水，迎来万代甘甜""共产党万岁"的横幅，载歌载舞赶到工地，迎接着从 200 公里之外送来的黄河水。喷珠吐玉的水闸一开启，许多拿着瓶子、舀子、盆子的群众，匍匐在水渠上，抢着舀水先尝为快。许多人一边尝着甘甜的黄河水，一边流着眼泪开怀大笑，更多的人则是相互祝贺，说些发自内心的话语：

"这下好了，祖祖辈辈喝苦水、咸水的日子结束啦！"

"共产党的政府真好，一届接着一届地干，到底把甜水给引过来啦！"

"共产党来了苦变甜，咱这吃了几千年苦水的地方，终于有了好日子。"

……

人们你一句我一句，说不尽的心里话，道不完的感激情。突然，一位看上去50多岁的老汉，举着拳头高喊了一句"共产党万岁"的口号。一呼百应，这口号喊出了大家的共同心声，汇成了人们异口同声的共振。"共产党万岁"的呼声回响在濒临渤海湾的黄河冲积平原上。

几个月之后，县里建起了自来水厂，家家户户都用上了高标准的自来水。党的十八大之后，庆云县委、县政府又动工兴建了一座占地2000亩的平原水库，不仅人们吃水实现了双水源，工农业生产用水难的问题也得到明显缓解。

建党100周年前夕，庆云县委书记打电话邀我去参加庆祝活动，他说，咱庆云人纪念建党100周年，就是一句话：掬一捧甜水谢党恩！

我粗略算了一下，庆云县从1926年有中国共产党的县委，到我担任县委书记是第28任，目前在任的王晓东同志是第34任，回溯走过的路，几乎所有的书记都在为庆云县群众饮水问题操心。记得我到任之初，前任的两位老书记董勇、高树松，就语重心长地对我交代：群众饮水问题一定不要放松，这是咱们共同的责任啊！听着老书记的嘱托，我想：接力棒是他们传给我的，我只能竭尽全力向前冲。庆祝建党100周年，我在党内工作了50年，虽说年已七十，但仍觉任重道远。在掬一捧甜水谢党恩的同时，又给自己再加一把劲，为党和人民作出新的贡献。

怀念杨贵

　　我对杨贵同志的敬重，始于 20 世纪 60 年代末期。那是一个让新中国产生两弹一星、南京长江大桥、林县红旗渠的岁月。1968 年春天，我应征入伍来到河南省新乡市，一个距红旗渠不远的地方。第二年，报纸上赫然醒目套红标题，向全世界人民庄严宣布，河南省林县的"天河工程"红旗渠胜利建成。这是一个多么振奋人心的消息，我真想去现场看一看这个在县委书记杨贵同志的带领下，由 10 多万林县人民奋斗 10 余年创下的人间奇迹。然而部队紧张的战备训练和令行禁止的纪律，却不允许我们去参观这个伟大的工程。

　　第一次来到红旗渠，是在 20 世纪 90 年代初期。我在山东省庆云县担任县委书记，脱贫攻坚的巨大压力让我再次想起了红旗渠，想起了老县委书记杨贵，想起了林县 10 多万了不起的人民。当时，我们那个县是全省倒数第一的贫困县，但是我想，县情再不好，我们的自然条件、农业基础，也比地处太行山深处的林县要好。于是，我终于去林县看到了心中向往已久的红旗渠。

　　亲眼见到红旗渠，立即就让我热血偾张。红旗渠是一个怎样的工程呀，在怪石嶙峋、无路可走的地方，杨贵领着他的农民大军，用 10 余年的工夫共削平了 1250 座山头，架设 151 座渡槽，开凿 211 个隧洞，修建各种建筑物 12408 座，挖砌土石达 2225 万立方米。红旗渠总干渠全长 70.6 公里，有人计算，如把这些土石垒筑成高 2 米、宽 3 米的墙，可把广州与哈尔滨连接起来。这也让我坚信，杨贵能做到的事情，庆云县照样能做到。

当年，庆云县的地表水全在海浸区范围，群众祖祖辈辈都是喝咸水，大骨节、氟斑牙等多发病、常见病非常严重。新中国成立后虽然进行过多次改水实验，但最终都未成功。于是，我们以杨贵同志为榜样，学习红旗渠建设过程中"自力更生，艰苦创业，团结协作，无私奉献"的精神，采用地膜覆盖、垂直铺塑等现代化技术，修建中型平原水库，把过去容易向上泛滥的地表水压在了地下。水库修好之后，全县人民喝上了黄河水。开闸放水那天，村上的群众敲锣打鼓，高举着"告别千年苦水，迎来万代甘甜"的标语，到水库的大坝上扭秧歌。离开庆云县 20 多年后，我再次去看望老百姓的时候，当地的老百姓还从水库里给我装上一瓶子的水，让我分享他们的喜悦与甘甜。其实，我心里知道，那是在杨贵同志的影响下，我和我的同事们努力去做的一件事情。

我怀念杨贵，还在于他那颗不忘初心、一以贯之的公仆之心。杨贵不止一次地说："我想对于我来说，红旗渠就是一种精神和信仰，我希望能把它继承和发扬下去。"的确，以在县委书记这个岗位上工作 20 多年这件事情来说，当下恐怕很少有人能够做到。在这 20 多年的时间里，林县的百姓就是他的亲人，为群众排忧解难就是他的职责，这只要看一看他和林县群众一起在红旗渠工地上的那些照片，就什么都明白了。共产党的干部多么需要永远和群众打成一片啊。直到今天，林县那么多群众还在怀念他、念叨他，这就是民心，这就是百姓心中的那杆秤给出的足斤足两的分量。相比杨贵，现在少数已经忘记了初心的干部们，不应该深刻地反思与忏悔吗？

杨贵心里想着百姓，他心里始终挂牵的还是林县的水。百姓吃水、农田灌溉、工业发展、城市建设，哪一项不需要水？离开多年后，他给红旗渠写下了十句话，每句话里都带一个水字。在今天看来，老人家心里想的那些事，做的那些事，都是为天下百姓着想啊。在当前全国各地都在贯彻党的十九大精神，以习近平新时代中国特色社会主义思想指导我们的各项工作的时候，我想，我们就是要像杨贵同志那样，有始有终、不忘初心地把事情做好。相信我们的党和国家一定会更好地带领人民群众，实现两个一百年的奋斗目标，圆好中国梦。

（原载于《人民政协报》2018 年 5 月 7 日）

揣一颗敬畏之心走路

母校之于孔老夫子，犹大树之次生根苗。能在曲园求学，是人生一大快事。得其泽惠，可以参天，也可以忝列其伍，虽不足以成大器，但仍能为其小卒，列阵仗而摇旗呐喊，拼厮杀则肝脑涂地。我就成了那个在许多人看来似乎不合时宜的 20 世纪 70 年代从曲园走出来的工农兵大学生。虽看似不合时宜，但我并不会自暴自弃。因为我始终认为，从工农兵中选拔大学生，是毛泽东教育思想的一个具体体现和大胆尝试，是教育事业人民性的一个重要标志。一来受党培养教育多年，有毛泽东风骨、人格、气质影响，人家越是看不起你，你就越是要自强不息；二来母校地处曲阜，从近水楼台先得月的角度讲，也应当多一点修齐治平的自觉性。两者结合，脑子里形成了一种"敬畏"的定式：敬畏，既敬且怕也。敬领袖，敬先哲，敬衣食父母，敬天下百姓……怕者，怕信仰动摇心无定力、怕闭目塞听、怕酒色财气、怕任人唯亲、怕玩物丧志、怕追名逐利、怕德不配位、怕黑白不辨……故而，自从离校，无鸿鹄高翔之志，有履冰临渊之惧。常思"学而不厌"之校训，读书不敢一日自废堕；反观近 40 年之社会，谋学历而求升职者有之；造假档案掩人耳目者见过；自吹自擂编造光环者更是不乏其人。而我始终不敢在学识上滥竽充数，自知草盛豆苗稀，不舍晨昏理荒秽，唯靠多读勤学、多思细想以补己之短。读的书虽不算多，但可以说我没有荒废时间。回头看看走过的路，我更加坚信，只要不坠求学之志，以敬畏之心对待知识，人生的路会越走越宽。这是我的第一点体会。

第二点体会：爱岗敬业应当是曲园学子的特质和风格。曲园是六十年前诞生在孔子故乡的一所为数不多的驻地在县城的大学。这让它的所有学子受益于孔子的儒学影响，不亚于这种影响的还在于它地处城乡接合部，学生有更多的机会接触和了解社会，观察到社会的真实面貌。正因如此，曲园的老师们在教育学生的过程中，自然而然地多了一些对理论与实践相结合的引领与开导，而正是这样的开导与引领，给了学生们解决实际问题的能力与方法。将这种有别于象牙塔式的教学风格，倾注于学子的身上，就是爱岗敬业，干一行爱一行。常常听到人们议论，曲师大60年来出了那么多有影响的人物……我想，这是与母校的教学方针紧密相连的。每当看到当年毛主席阅读母校《公社数学》的那张图片，我就会想到曲园在教学方针上的建树与特色。作为曲园学子，说自己干得多么好谈不上，但说自己不甘沉沦、爱岗敬业，还是能够承担得起的。尽管平平淡淡，也没有做出什么业绩，却不敢忘记校训，不敢丢弃担当。

从政之余喜读书，是我人生受益的又一点体会。四十年来，我从未放弃读书，即使如今已"奔七"，每天读书也不敢低于万言。每有所悟，下笔成文，共形成了三百多万字的文章，印成书发行了，人家就叫我"作家"。其实，不过是一个当下许多征婚广告里自我标榜的"业余文学爱好者"而已。就是这，也得感谢母校的培养与引领。如果没有当年恩师的谆谆教诲，恐怕我连给县广播站写稿的勇气都没有。

阴差阳错，我走出校门，即进入机关工作，未能按照母校的培养目标去做一名人民教师——尽管我一生都很喜欢这个职业。教师做不成，就进"笼子"吧——就这样，从毕业第一天就走进了机关。既然进了"笼子"，就得按照"笼子"的规矩行事。在共产党执政的官场工作，最大的规矩就是全心全意为人民服务。懂得并遵从、践行这个规矩，就懂得了什么叫敬畏，什么叫按照客观规律办事。毛泽东同志给我们这个党定下的章程，很重要的一条是，做官就不能发财。我觉得这是个大的约法，是一个立党为公的宣言。它包含着我们党对人民的承诺与敬畏。是不是人民的公仆，不能仅听他是否口吐莲花，更要看他是否有一颗敬畏之心。有了这样的心境，他就不会在财富面前垂涎欲滴；有了这样的心境，他就不会在职级面前厚颜无耻；有了这样的心境，他就不会在困难面前拈轻怕重；有了这样的心境，他就不会在成绩面前忘乎所以。回望走过的路，总觉得自己在朝着这个章程框定的标准行进，究竟能给自己打几分，只能留给后来者评说。但我觉得，自己一直心存敬畏。2005 年 8 月的一天，在诺贝尔的故乡瑞典斯德哥尔摩参观他的故居时，我曾被这位一生有着 355 项重大发明，身后又将自己的全部遗产奖励给全球不分国别、种族、肤色、性别的创造者的事迹深深感动，他的一段评价自己的话，让我们这些动不动就表扬与自我表扬的人无地自容：

"最大的优点：保持自己的指甲干净，对任何人都从不构成负担。

最大的特点：没有家庭，缺乏欢乐精神和良好胃口。

最大的也是唯一的请求：不要被活埋。

最大的罪恶：不拜财神。生平重要事件：无。"抄写下这段话，丝毫没有将自身与伟人比肩的狂妄，藏于我心底的只是敬畏。我知道，这样的体会是不符合母校校庆要求的。但是，我只能怀一颗敬畏之心走路。除了把自己的简历寄给培养了我的母校，我真的没有什么事迹可言。请母校原谅我，我是母校培养出来的学子，让我怀着对母校的谢意与尊重，在今后的日子里继续提升自身的修为，将来离开这个世界的时候，能够自己对自己说：我是一个曾经在曲园读过书的人。

第七辑

保护黄河，
答好历史考卷

十年履职路　毕生黄河情

我成为全国政协委员，迄今已走过 10 个年头。回顾 10 年历程，我有若干毕生难忘的记忆和收获，其中一个最大最集中的收获，就是我关注黄河的过程。

10 年来，我先后提交了 18 件关于黄河治理、深入挖掘和保护沿黄河流域民族文化等方面的提案和建议，创作了与黄河有关的长篇、中篇和短篇小说各一部以及长篇散文《大道通天》和由几十篇散文组成结集的《且将锦瑟记流年》。尤其是在我年近古稀的时候，参与了"保护黄河万里直播活动"，让我实现了今生走完黄河的夙愿。

我是黄河的儿子。黄河入海口的平原上，埋着我祖祖辈辈脸朝黄土背朝天的先人，他们留给我的最为庄重的遗嘱，就是让我弄明白，这条从遥远的青藏高原奔腾咆哮而来的河流，为什么被世世代代的中华儿女称为"母亲河"。她是怎样养育她的子民、怎样把由诸多民族组成的大家庭团结得像石榴籽一样紧紧抱在一起，屹立于世界东方的。10 年的履职，让我从对母亲河的深深挚爱中，解读了这些过去未曾细心思考过的问题。

三江源的鄂陵湖、扎陵湖，像极了母亲澄澈无私的眼睛。世界上再也没有比这更清凉、更纯洁、更包容、更甜蜜的湖水了。那密如蛛网的溪流从地底喷涌而来，从远方奔腾而来，从高原呼啸而来，汇聚成湖泊，凝聚成浪潮，手挽着手，肩并着肩，自西向东一路奔走呼号，斩关夺隘，历经 5464 公里的跋涉，最终在山东东营汇入大海。我们 56 个民族也正是具有了母亲河这种一往无前百折不挠的基因，才能紧紧地抱在一起，"不管风吹浪打，胜似闲庭信步"。

库布齐沙漠曾经是沙尘暴发源地。党的十八大以来，这里沿黄地区的人民，发挥靠近黄河的优势，治沙植草，硬是让风沙遍地的沙漠有了绿色，成为世界范围内改造沙漠的样板。在巴彦淖尔市磴口县的三盛公水利枢纽，我们与当地的蒙古族兄弟谈起库布齐沙漠治理的时候，一位蒙古族女演员，高兴地唱起了脍炙人口的"爬山调"："昔日戏言身后事，今朝都到眼前来""黄格澄澄荒原披绿装，好日子从咱手手上来"。

甘肃景泰县黄河边上，我无意中遇到了一位当了 5 年兵，复员后回到农村的女青年，她的名字叫翟政娇。当她知道我是从遥远的山东黄河入海口而来，便给我讲了自己从部队复员，励志回乡务农，创办了景泰县壹丰种植养殖科普示范基地的故事。翟政娇领着我们到黄河岸边的基地观看。谁能想到，在满是石头的地块里，也能长出山东的菏泽牡丹和香甜可口的小金瓜。翟政娇告诉我，她是黄河的女儿，黄河的女儿是任何困难都吓不倒的。

黄河源头位于青海省的腹地。在海拔 4610 米的玛多县黄河发源地，我们同守护这片三江源自然保护区的藏族兄弟攀谈起来。他们说，非常自豪能作为母亲河源头的保护者。守护了这片美丽的土地，就是维护了 56 个民族的祥和安宁。

走过黄河，一路上的所见所闻，三天三夜都说不完。像东营自然保护区的发展，小浪底水库、三门峡水电工程、黄河壶口瀑布、碛口古镇、万家寨水库、老牛湾水利工程、宁夏吴忠和中卫的水利设施、青铜峡、刘家峡水电站以及青海黄河源的保护等，都给我留下了深刻印象。

作为全国政协委员，我必须尽责任。基于此，我先后将黄河源的保护、沙漠治理、种质资源库的建设、晋陕大峡谷的树木保护、构建黄河流域多民族共生共存的文化图谱等，写成提案提交。不久前，农业农村部林草局的一位同志还给我打电话，和我沟通关于库布齐沙漠种草种树的事宜。未来，我仍将为母亲河的科学发展鼓与呼！

（原载于《人民政协报》2022 年 10 月 31 日）

保护黄河，答好历史考卷

你到过黄河入海的地方吗？看到过"黄河入海流"的壮观与势不可当吗？即使没有，那也一定读过李太白"黄河之水天上来"的著名诗句。在这个冰封雪盖的季节里，如果有机会来到黄河入海口，就会感受到大河入海的惬意与快感：海天一色的黄河已经融入一幅硕大无朋的巨幅油画的画框之中，成为这幅天作之美当之无愧的背景与底色。一望无际的芦荻，色彩斑斓的红草地，形象逼真且又纯属天造的铺地树毯，迎风摇曳的红柳，草丛里一群群时而突然起飞翱翔时而俯冲隐身的鸟群……

河海交汇的所在，实在是一块充满着灵性的所在！2021 年10 月，习近平总书记来到山东东营。提出要加快构建黄河下游防灾体系，全力保障黄河下游长久安澜，用"四水四定"原则管理和利用好黄河，使其永远造福人民。

黄河入海的大片土地，借沉沙以拓平原之辽阔，注黄流以开大海之无疆。它不事声张，却于默默耕耘中书写奇迹。它于万物丛生的盐碱地上保留了野生大豆的天生丽质；在被俗称"茶棵子"的罗布麻近乎绝迹的时刻，这里的草丛、水畔却到处都长满了这种植物；那些对生存环境要求极高的东方白鹳、黄河刀鱼和成群结队的野鸭，更是得天地之厚爱，数以万计地在这里安家。怪不得联合国生物计划署将生物多样性金融项目放在黄河入海口，省政府也推出了《山东省生物多样性保护战略与行动计划（2021—2030年）》。

黄河入海口有着灵性的磁场，在为人类提供物质财富的同时，也创造和孕育了灿烂的黄河文化与黄河精神。60多年前，我为了生计经常跟随父辈到入海口拉苇子。见到和听到许多一辈接一辈的人们开发黄河的故事。尤其是新中国成立前后，那些到入海口赶黄河的人们，以不屈不挠的奋斗精神谱写了许多黄河精神之歌。不管来自何方，也不管姓甚名谁，只要吃得了苦，搭一间窝棚，烧一片荒，翻一块地，撒下种子，从此这里就是家园。

十几年前，山东省将东营市、滨州市和潍坊市的寿光县，德州市的庆云县，乐陵县，在内的17个县域面积确定为黄河三角洲核心开发区。如今看来，要实现在黄河的保护与利用上走在前面的目标，需要整个山东省共同努力。黄河的生态保护与经济社会发展的战略布局的衔接问题，生物种质资源保护与培植问题，黄河故道土地资源的保护利用与环境保护问题，发挥黄河优势、做好与"一带一路"倡议的衔接问题等，都有待于拿出符合客观规律要求的方案与措施。

东营黄河口生态旅游区作为国内首屈一指的新生湿地自然保护区，黄河与大海共同造就了其独一无二的世界级旅游资源。近年来，景区以"尊重自然、天人合一"作为规划理念，突出河海交汇、新生湿地、野生植被、珍稀鸟类等，吸引着世界各地的游客慕名而来。袁隆平先生生前研发的海水稻，在这里已经试种成功。山东省的黄河保护与开发，不仅具备了走在全国前头的基础，而且人心所向，势在必行。

习近平总书记考察黄河入海口时，语重心长地说："新时代，我们要把保护治理母亲河这篇文章继续做好。"面对历史拟出的这张考卷，如何作答，不仅是对山东省各级党政领导的考验，也是对所有公民的考验。作为一个在黄河岸边长大的山东汉子，聆听习近平总书记关于黄河保护与开发利用的讲话，我发自内心的激动与高兴难以言表。

4 年前，我参与了中国网智库频道的"保卫母亲河万里行"活动，从黄河入海口一直走到青海省玛多县三江源。今天，我又站在黄河入海口，遥望波澜壮阔的大海，回首九曲十八弯的黄河，充满着深深的敬畏之情。保护黄河，就是保护伟大的中华母亲，就是为实现中华民族伟大复兴的中国梦作贡献。

（原载于《人民政协报》2022 年 2 月 21 日）

拉紧纤绳写运河

　　我是在京杭大运河岸边长大的山东汉子。44 年前的夏天，当我走出大学校门，重新回到大运河的城市——山东省德州市时，正赶上黄河以北的运河河道断流。作为漕运码头城市的德州，像个失血的病人，显现出沉寂与无奈。

　　最先感受这种危机的，是以运河为生的码头职工。尤其是德州运河航运局，近 4000 名职工面临着下岗失业的危机。作为工会组织的一名工作人员，我陪同领导深入航运系统，同航运工人拉家常、交朋友。航运工人对运河的感情，让我下意识地感觉到，大运河的断流停航，体现在工人身上的，绝不仅仅是失去饭碗的那种恐慌，还有隐藏在他们内心深处的那种对大运河、对运河历史难以割舍的情分。

　　那天，我们与航运局工会主席谈起运河河道上的纤工们的生活安排问题，十几个纤工凑上前来，围着我们说："要说下岗谋生，我们这帮老家伙能体谅政府的难处，做个小买小卖也能混得下去；但伤心的是，好好一条运河，说完就完了，拉了大半辈子纤绳的肩膀，一下子松下来，不习惯啊！我们还是愿意天天拉紧肩头的纤绳，与运河一同流淌。"

在运河的沿岸，还有一座重要的城市——临清。我一到这个地方，就立即被浓厚的运河风情吸引住了。这里不仅有着与沧州、德州、济宁、淮安齐名的运河码头，更有着罕见的明清两朝中央财政设在临清的运河钞关，这座钞关至今仍然保存完好。与繁荣的经济相对应的，还有天南地北的商人和文人在这里的交会与交流。记得有一年济南市召开少数民族迎春茶话会，我无意中碰见了《老残游记》作者刘鹗书中所说的在济南、临清等地说唱大鼓书的黑妞、白妞的传承人，可惜当初没有留下她的电话号码。我想，这位大姐一定有很多关于大运河的故事。

不仅如此，临清的运河文化还深深地打上了丝绸之路的烙印。明朝的意大利旅行家马可·波罗和传教士利玛窦，都与临清有着千丝万缕的联系。不仅人的联系如此，就连宠物也来凑个热闹。明朝中叶，随着大批到中国经商的阿拉伯商人的涌入，不少波斯商人带着自己的宠物"波斯猫"来到临清，经过与鲁西猫的杂交，就形成了有80多个品种的"临清狮猫"。

大运河给临清带来的繁荣，让这片之前主要生产粮食的地域，有了桑蚕种植的习惯，丝绸织造遂成一景。可能许多人想不到，藏传佛教在日常宗教活动中用作圣洁礼物的哈达，早在明清之际，就是由山东临清所产。在拜访非物质文化遗产传人许淑华先生时，他就曾打开珍藏了十几代流传下来的哈达，向我讲述临清哈达源远流长的经历。

对运河了解得越多，越让我对运河文化产生浓厚兴趣。我利用业余时间陆陆续续写作和发表了不少关于大运河的散文。然而，文章写得越多，我越觉得应当有一本比较系统的著作，来表达一下大运河的完美，让我可以像运河河道上的纤工那样，用锲而不舍的精神获得一种对大运河文化的认知与理解。

就在我有此计划之时，得知新星出版社为了落实习近平总书记关于"一带一路"指示，准备出版一套丝绸之路沿线重要城市的城市传记丛书。经过著名作家张炜先生的鼓励，我再三思考，初步拟订了《临清——大运河文化的支点》这个选题，并很快得到了新星出版社的回应。

为了掌握写作的第一手资料，我一年里先后 5 次到临清进行考察。印象最深的，就是走进那些水畔弯曲的街巷时，发现砖墙上的青砖上面依旧存留着明代那些窑工的名字。原来，早在明朝，临清就是著名的砖瓦产地，在修建北京城的城墙和紫禁城的过程中，也大量调用了临清的砖瓦等建筑材料。按照当时工程建设服务的要求，每一块砖瓦都要留下窑工和工头的姓名，这些砖便都有了烧制者的戳印。而书写这些细节时，我仿佛也走进了几百年前那些窑工的中间，与他们一起和泥、脱坯、烧制。

2018 年，我把 30 多万字的书稿交到出版社。再次回忆起写作过程，更加深刻地感受到大运河文化的厚重与深远。尽管我的书写只是整个大运河航道上的一个局部，但只要能在挖掘运河文化的过程中投一抹光辉，就会有沉淀的金子熠熠生辉。

《临清传》出版不久，新星出版社又相继翻译出版了英语版、俄语版，并且在临清召开了多语种《临清传》发布会，这对于我们继续讲好大运河故事有很好的促进作用。而把自己写作《临清传》的经历写一写，也算是我讲好大运河故事，并从中吸取营养、加深对运河文化理解的一个过程。

（原载于《人民政协报》2021 年 12 月 13 日）

黄河流域抗灾故事

几十年来，工作、生活总在黄河边上转来转去，听到、见到不少黄河流域抗灾的故事。

发生在 1966 年 3 月 8 日的那场邢台大地震，是我亲身经历的第一场重大灾难。那天下午下课之后，我正在图书馆看书，强烈的震波把图书室晃动得难以立身。学校师生全都集合在操场，搭起了防震棚。后来，我们从报纸上看到周恩来同志到邢台指挥抗震救灾的新闻，更加坚定了战胜震灾的信心。为了把破除迷信、战胜灾害的思想宣传得家喻户晓，我们每天晚上到周围村庄读报，宣传无神论，还利用劳动课的时间，到村里参加助民劳动。很快，那场灾难就被战胜了。当年秋天，邢台市迎来了大丰收。

蝗灾是黄河流域经常发生的灾难。新中国成立后，人民政府走组织起来的道路，在 20 世纪 50 年代用农业合作社的形式，增强了抗击自然灾害的能力，加上杀虫药剂的推广，在 1957 年前后，基本控制了蝗灾的发生。20 世纪 70 年代末期的一个深秋，大学毕业不久的我，参加了农业学大寨工作队，到黄河岸边的一个村子蹲点。就在那时，突然又一次暴发了蝗灾，刚刚出土的麦苗很快被蝗虫咬光。好在已经有了较好的灭虫农药和喷雾器，加上刚刚实行农业生产责任制，群众经营土地的积极性空前迸发，蝗灾很快被消灭。

黄河流域还经常发生旱灾。1992年到1997年，我在山东省庆云县担任领导职务。这5年多时间，正是黄河下游连续断流的时段，我们下游连续5年用不上黄河水，别说浇地，就是群众吃水也成了问题。为了抗击旱灾，我们动员群众，打深井、修水窖，发扬"万里千担一亩田"精神，到十几里以外的地方取水。人民群众与天斗其乐无穷的精神感动了到我们县视察工作的国务院领导，批准了县里修建平原水库的请求。我们用3年时间，修建起了一座平原小型水库，1995年水库开机蓄水那天，群众高举着"告别千年苦水，迎来万代甘甜""苦水区人民感谢党"的横幅，载歌载舞。直到今天，一想到那个场面，我还眼含泪花。

今年我国遭遇疫情，黄河流域也受到严重影响。勤劳勇敢的黄河儿女在漫长岁月的历练中，积累了丰富的抗击各种风险灾害的经验和信心，大家在党和政府的领导下，齐心协力抗击疫情，取得决定性胜利。黄河儿女最大的心愿就是尽快建立包括抗击各种风险灾害在内的抗灾救灾措施与长远规划。"凡事预则立，不预则废"，有了这样的准备，我们就能秉持"全心全意为人民服务"的根本宗旨，为全面建设社会主义现代化国家打下坚实的基础。

治理黄河是构建中华民族
共同体意识的精神纽带

"黄河宁，天下平"，这是历史上每一个朝代人民的期盼，也是历朝历代安邦定国的重要内容。但是，新中国诞生前的数千年间，却没有任何一个朝代能改变"三年两决堤，百年一改道"的险恶局面。据史料记载，从周定王五年（公元前602年）河决改道入渤海，到1938年河南花园口人为决堤改道，黄河先后出现7次大迁徙，26次改道。而自从1946年中国共产党人接管黄河，76年来黄河没有发生任何流域性灾难，实现了岁岁安澜的美好愿望。这其中除了社会制度和生产力水平的迅速提高，人民群众像石榴籽一样紧紧抱在一起，在党中央的英明领导下，自觉主动地参与黄河治理亦是一个具有决定性因素的力量。

中国共产党代表了最广大人民群众的利益，为人民谋幸福的立党初心凝聚了天下百姓前所未有的巨大热情和生产积极性，把治理黄河当作自己的事情，积极投身到治理开发的行列中来，沿黄各地中华儿女成为黄河治理的主体，这正是黄河76年安澜的根本原因。党和中央人民政府领导人民治理黄河的实践，证明了一个伟大的真理："国家的统一、人民的团结，国内各民族的团结，这是我们的事业必定要胜利的基本保证。"

　　天下百姓能够不分上下游，拧成一股劲齐心协力投入黄河的治理当中，最根本的是有了全心全意为人民谋幸福的中国共产党的英明领导，他以前所未有的向心力把天下百姓凝聚在民族共同体的跑道上，让人民心往一处想，劲往一处使。新中国成立初期，国家黄河委员会提出"宽河固堤"的治河方针，这在新中国成立前是根本不可能实现的事。所谓"宽河固堤"，就是让河道内滩区群众拆除为保护生产而自发修筑的圩堤（也叫"民埝"）。虽然这些圩堤有保护大堤内滩地正常耕作的作用，但是由于泥少淤积会逐步抬高，遇到较大洪水，圩堤溃决，不仅堤内庄稼淹没，还容易导致洪水直冲大堤酿成决堤之类的重大灾情。民国24年（1935年），发生在山东鄄城县董庄村的由于民埝溃决引起的大堤决口，成灾面积达12215平方公里，苏鲁两省27个州县被淹，死亡人数达3700多人。中华人民共和国成立后，共产党领导治理黄河，把人心一下凝聚起来了。人民政府为了让滩区群众在废除民埝中无后顾之忧，对滩区群众的生产生活做了周密安排，让大家有房住、有饭吃，很快打消了群众的疑虑，黄河下游的民埝很快废除。50年代初期，汛期到了，大汛来临，废除民埝的滩区群众，讲协作、讲团结，局部服从全局，对河道排洪发挥了重要作用。

　　共产党人管理和治理黄河的初试牛刀，让人们看到了把黄河治理好的希望。进入20世纪60年代，尤其是三年自然灾害过后，一场持续了长达十多年的黄河岁修，在黄河长达5000多公里的河道上展开，尤其是黄河中下游，每年都有数以几百万计的民工出现在黄河岁修的工地上。人民群众团结一致，开展了大规模的黄河河道治理。按照"上拦下排，两岸分流"的工程体系，进行了"宽河固堤""蓄水拦沙""除害兴利""调水调沙"等一系列治理。记得那个时候一到秋种结束，两岸的黄河大坝就云集了蚂蚁搬家似的施工队伍。这些勤劳勇敢的民工，按照各自的分工，互相协作，密切配合，不仅确保了黄河本身的安全，而且形成了内河与田间沟渠配套的农业排灌网络，保证了黄河的岁岁安澜和农作物的连年丰收。正是人民群众这种无私奉献的精神，才使母亲河真正成为一条造福人类的大河，并且为起始于 20 世纪 70 年代末期的农村实行农业生产责任制打下坚实的基础。

进入新时代，母亲河的治理，在已有成就的基础上，把"为人民造福"的功能提升到了一个新的高度。中共中央总书记习近平，不仅多次亲临黄河视察，走完了从黄河发源地到入海口的全部里程，谋划了黄河巨龙腾飞的总体规划，而且按照黄河的运动规律，对上游、中游、下游的经济和社会发展提出了许多非常重要的发展思路。总书记从黄河流域的水土保持、资源保护到老百姓的人畜吃水、环境保护与开发利用，全都给予了"一枝一叶总关情"的殷殷嘱托。习近平总书记对黄河的关心，让沿黄各地中华儿女进一步增强了民族共同体意识，只有齐心协力维护中华民族的大团结，才能唱好黄河大合唱的交响曲。党的十八大以来，党中央国务院实施的东西部互相支持的政策，不仅增强了各民族之间的团结互助，缩小了东西部事实上存在的差距，而且带动了母亲河全流域的健康发展。省与省、地区与地区之间的协作越来越密切。以山东省对口支援西藏日喀则、新疆喀什和青海省海北州三地为例，如今已经发生了巨大变化，不仅经济和社会事业有了快速发展，相互之间的交流、交往、交融也越来越密切。黄河是中华民族的摇篮，在历史发展进程中占有非常重要的作用和地位，也是构建中华民族共同体意识的纽带和基点。黄河流域一直是我国政治、经济、文化发展的核心地带。勤劳勇敢的黄河儿女，在母亲河的哺育下，创造了绚丽多彩的历史文化，为我们留下了浩如烟海的文化遗产和光辉灿烂的科技成果。进入新时代，黄河治理的成功实践证明，这条伟大的母亲河，在养育着"涓涓乳下子"的同时，也塑造和哺育了中华民族自强不息、坚韧不拔、一往无前和团结一致的民族品格。认真落实习近平总书记对于保护黄河的指示，把黄河的事情办好，是我们义不容辞的责任和义务，也是实现中华民族伟大复兴梦的重要内容。

附录

"黄河在咆哮"

朱婷　　王树理

"风在吼，马在叫，黄河在咆哮，黄河在咆哮……万山丛中抗日英雄真不少，青纱帐里游击健儿逞英豪！"1939年，《黄河大合唱》在延安诞生，中华大地无数革命志士高唱着这个曲调奔赴前线英勇杀敌，奏响了中华民族救亡图存的时代强音。

"保卫家乡，保卫黄河，保卫华北，保卫全中国！"《黄河大合唱》向全中国、全世界发出了中国共产党领导中国人民保家卫国的呐喊，成为中华民族不屈的精神象征。公众最熟悉的是它的第七乐章《保卫黄河》，跨越80余年传唱至今，依旧令人心潮澎湃。

"中华民族的儿女啊！谁愿意像猪羊一般任人宰割？"

2021年7月1日晚，建党百年文艺晚会上，当那首气势恢宏的《黄河大合唱》唱响时，在电视机前观看节目的全国政协委员王树理难掩激动之情。作为一个从小生长在黄河边的山东汉子，又曾在黄河岸边的部队服役多年，王树理对这首歌有一种特殊的情结。

那是一段苦难深重的历史，风雨如磐。

1931 年 9 月 18 日，东北沦陷；1937 年 7 月 29 日，北平沦陷；1937 年 11 月 12 日，上海沦陷；1937 年 12 月 13 日，南京沦陷……中华民族危在旦夕。

"全国同胞们！平津危急！华北危急！中华民族危急！"1937 年 7 月 7 日，卢沟桥事变爆发。第二天，中国共产党就发表了号召全国奋起抗战的宣言，呼吁全中国人民、政府、军队，团结起来，筑成民族统一战线的坚固长城，为保卫国土流尽最后一滴血。

"文艺界也同仇敌忾，为抗战鼓舞士气。"王树理告诉记者，1938 年 10 月，诗人光未然带领抗敌演剧队，准备从陕西延安的黄河古渡口圪针滩东渡黄河，前往西北的第二战区。这次行程不知前路、生死未卜，没人知道能不能顺利过河，过河之后又会遇到什么。"正是这支由 20 岁左右的年轻人组成的队伍，在抗日烽火中渡黄河的经历，激发光未然写出了《黄河大合唱》诗篇。"王树理说。

"40 来个打着赤膊、肤色棕黄发亮的青壮年，扑通扑通跳进水里，把渡船推向河水深处，船头高处立着一位 60 来岁的白胡子老人，十来分钟后，渡船已行进大河中央的危险地带，浪花汹涌地扑进船来，那位白胡子老人直起了脖子，喊出一阵悠长而高亢、嘹亮得像警报似的声音……"当时的演剧队成员、后来担任《黄河大合唱》首演指挥的邬析零，曾撰文记录了当年这次东渡黄河的惊险情景。

在山西抗战前线，光未然目睹了中华民族的优秀儿女在万山丛中、在青纱帐里，为保卫祖国而无畏战斗。

第二年 1 月，光未然因受伤回到延安医治休养。黄河的怒涛、战士的奋战一直在他胸中激荡，仅仅用了 5 天时间，400 多行的长诗《黄河吟》就从 25 岁诗人的笔端流淌问世。

"这首《黄河吟》，成了后来《黄河大合唱》的歌词，八个乐章共同描绘了一幅壮阔的画面。"王树理说。

"但是，中华民族的儿女啊！谁愿意像猪羊一般任人宰割？我们要抱定必胜的决心，保卫黄河！保卫华北！保卫全中国！"在王树理看来，这是在面对生死存亡之际，中华民族睡狮猛醒，发出振聋发聩的怒吼，内在的力量喷薄而出。

"每一个音符都像是一颗子弹，射向敌人的胸膛。"

"歌词一开始并没有谱曲，直到 1939 年，光未然和冼星海在延安相会，才碰撞出一部旷世经典。"王树理告诉记者。

冼星海，这位头顶着巴黎音乐学院学生光环的音乐家，敏感地体察着劳苦大众的疾苦，选择了他的艺术创作之路——探索和创造具有中国民族特色的大众音乐。

1938 年，中国共产党为培养抗战文艺干部和文艺工作者，创办了一所综合性文学艺术学校——鲁迅艺术文学院。这年冬天，冼星海携新婚妻子钱韵玲来到延安，就任鲁艺音乐系主任一职。

一天夜晚，在月光映照下的窑洞里，冼星海在朗诵会上听到了《黄河吟》的诗朗诵。当听完最后一句"向着全世界劳动的人民发出战斗的警号"，窑洞里一片安静。

冼星海拿走了《黄河大合唱》的歌词，躲进了"鲁艺"在山坡上的小窑洞。6 天时间里，在那间小土窑摇曳着微弱小火苗的菜油灯下，冼星海完成了《黄河大合唱》的谱曲，一次诗和乐的完美结合诞生了一部不朽的经典之作。

冼星海的女儿冼妮娜曾回忆："听母亲讲，六天六夜，父亲创作始终处于亢奋状态。他手握拳头一边唱一边写，不知不觉写出了60多页手稿。创作达到忘我之境时，父亲竟情不自禁地把手中的烟斗敲断了。他把毛笔杆插在烟斗上，长长的烟斗就这样伴随着他继续创作。"

邬析零回忆，1939年3月12日，他受邀到冼星海家，向冼星海介绍抗敌演剧队的渡河实况、壶口壮景和吕梁山根据地的战斗情况，讲了4个多小时。冼星海要他不厌其详地描绘。

1939年4月，在鲁迅艺术学院成立一周年的纪念大会上，《黄河大合唱》首次正式演出。虽然乐队只有两三把小提琴、20来件民族乐器，低音弦乐器是用煤油桶制成，打击乐器由脸盆、大把的勺子放在搪瓷缸子里摇晃以造成效果，但到场的1000多位观众听得无不热血沸腾。

当年5月31日，在中央党校大礼堂，毛泽东等中央领导同志一起观看了《黄河大合唱》的公演。合唱团100余人，冼星海亲自指挥，光未然亲自朗诵。冼星海在当天日记中记载了演出的盛况："今晚的大合唱可真是中国空前的音乐会。里面有几首非常感动人的曲：《黄河船夫曲》《保卫黄河》《怒吼吧！黄河》《黄水谣》。"当他们唱完时，毛主席站了起来，很感动地说了几声"好"。"我永不忘记今天晚上的情形。"冼星海写道。

"每一个音符都像是一颗子弹，射向敌人的胸膛。"《黄河大合唱》问世后，迅速在中国大地上传唱，成为抗战救亡的精神号角。

"要让娃娃们传唱下去，传承中华民族自强不息的精神。"

王树理清楚地记得，他第一次学唱这首《黄河大合唱》，是在他 13 岁那年。

"1964 年的 10 月 16 日，我国第一颗原子弹爆炸。我们在中学里激动得彻夜不眠啊，大家就唱这首歌。"王树理回忆。在他的青春岁月里，这就是一代人的流行歌曲。

后来，王树理当了兵，在黄河岸边一待就是 6 年。雄浑的黄河浪涛、奔涌的壶口瀑布，给他留下了深刻的印象，走过那片充满红色传奇故事的土地，王树理越发感受到这首曲子的魅力。

"《黄河大合唱》以丰富的想象力、壮阔的历史场景和磅礴的气势，写出了中华民族的气魄，向侵略者发出怒吼。它也体现着共产党人的精神，体现着不怕牺牲、英勇斗争的担当和使命。"王树理表示。

2021 年的全国两会期间，他提交了一件提案，呼吁继续唱响《黄河大合唱》主旋律。

为什么专门提这样一件提案呢？"是因为我前几年参加一次活动的经历。"王树理告诉记者，前些年，他作为政协委员参加某网络媒体组织的议政活动。当时他们沿着黄河沿线调研，到了壶口瀑布时，正好遇到北京某中学组织的学生过来参观。"于是我们提出大家一起合唱一首《黄河大合唱》，可是大部分孩子都不会唱这首歌了。"王树理感慨良多。

"要让娃娃们传唱下去，传承中华民族自强不息的精神。"王树理表示，2021 年是中国共产党成立 100 周年，他想到了很早之前就萌生的这个念头，希望更多年轻人更熟悉这首歌、熟悉这段历史。

2015 年 8 月 26 日，原国家新闻出版广电总局发布了"我最喜爱的十大抗战歌曲"网络投票结果，《黄河大合唱》是入选的 10 首歌曲之一。2019 年 6 月，《黄河大合唱》入选中宣部"庆祝中华人民共和国成立 70 周年优秀歌曲 100 首"。

习近平总书记在庆祝中国共产党成立 100 周年大会上的重要讲话中强调，要"弘扬光荣传统、赓续红色血脉"。在王树理看来，应该把唱响《黄河大合唱》等经典红色革命歌曲，与学习党史、缅怀革命先烈结合起来，激励人们不忘历史、继续奋斗。

有人说，我们的血管里流的不是血液，而是黄河的水。毋庸置疑，《黄河大合唱》这部宏伟的民族音乐史诗，那些壮阔的历史场景和磅礴的气势，都深深印在了我们的民族记忆里。

（原载于《人民政协报》2021 年 7 月 14 日）

阅读才会拥有美好的未来

——张炜在树理书屋开馆仪式上的讲话

　　树理书屋办在一个村子里，让人兴奋。看一个文化场所，不必看它有多么堂皇，而要看它的气质，看它和读者的关系。树理是一个了不起的人，他说，祖辈都读书、爱书，向往文明。特别让我感动的是，他复述了整个村子里的读书人，以及这些人后来的发展。可见小到一个家庭、一个具体的人，大到一个村庄、一个民族、一个国家，阅读才会拥有美好的未来。

　　每一个地方都盼望发展、盼望兴盛，寄希望于一个辉煌的明天。但是我们似乎很少想到，这一切都依赖于一个群体的人文素质，人文素质低下的群体，也包括个体，是没有未来的。我们呼唤科技的发展、物质的积累，殊不知这些都依赖于一个基础，那就是文明的积累。整个群体的人文素质水准低下，缺少了这个基础，其他所谓的发展就都是一句空话，不能够发展，即便发展得来的所有成果，也都得不到积累和保存。从这个意义上讲，树理做了一件了不起的事情，就是倡导阅读，让更多的人投入阅读。他在做，而不是停留在口头上。一般意义上的口号、提倡阅读，我们已经听了很多。套话易说，实事难做，从一点一滴做起、从自己做起，这个是很难的。

我们齐鲁大地有了一个非常好的态势，这片土地上先后产生了一些书院和书屋，我们有彦林书屋、垂杨书院、东夷书院、高乡书院……这些都是用力栽培的一棵棵绿植，它们正在成林。有一位济南周三读书会的发起人李炳锋，也是一个了不起的人，他在每个星期的周三这一天，把爱好读书写作的人集中在一个地方，议论文章、讨论得失，风雨无阻地坚持了12年。我曾经讲过，他的读书会是一个伟大而平凡的文化现象。树理也在做类似的事情。

树理的这座书屋，设计精美周到，非常用心。树理是行政工作者，是出色的公务员，也是一个"仕而优则文"的人。他写了大量作品，开始发表作品的时间大约在20世纪60年代，文龄已远远超过了我。他的作品品质，以我为文50多年的经验和体会，可以大言不惭地说能够读懂一点。

树理的文字比我好，我最早读了他写黄河的那批作品，非常惊讶。我对作家王延辉说，他写黄河的短篇比我好，用心之重，情感之浓，文学含量、思想含量，皆无可挑剔，一个专业写作者有时候是做不到这个程度的。作家蒋子龙看了他写黄河的书，说："有一个人能够听懂黄河的咒语，这个人就是王树理。"我建议，读书，特别是来树理书屋的人，应该先读一篇树理的文字，看看他写得多么用心。一个人能这么用心地写一片土地、写苦难、写人、写生活、写历史，必有一颗沉重的心。

总而言之，具体做书的事情，是最了不起的。过去有一本俄罗斯的书叫《为书籍的一生》，我觉得树理也是为书籍的一生。

他能够一笔一画地把《聊斋志异》从头到尾抄了一遍，又一笔一画地把我们古代最伟大的文学理论著作《文心雕龙》抄了一遍。他还在抄别的书。写了那么多作品，做了那么多行政工作，最后又拿出一生的积蓄，购书盖屋，放在老家。能这样做的人，实在了不起。

衷心希望这样的情怀越来越多，希望这种感召越来越大，感动我们，感动乡村，感动老家，感动越来越多的人。让我们每个人都栽植文明之树，一棵一棵地栽下去，形成一片更大的林子。我们不要嫌栽的树苗太小、太稀疏，长得太慢，只要不停地植树，植文明之树就好。只有不断地提高我们整个民族的文明素质，这个国家才有希望，这个民族才有希望。不要嫌它慢，慢有慢的规律，慢有慢的长处，因为凡事来得快，去得也快。慢慢积累，积累这个民族的人文素质，积累中华民族的文明。当文明积累起来了，当每个人的判断力、思想力、创造力增强了，我们的科技、物质，我们整个民族的自豪感就起来了。争一时一地之长短不是长久之计，慢慢阅读，慢慢培植人的心灵，让每个人变得知书达理，这些看起来是很基础的事情，听起来像是一句句套话，其实是完全不会错的。

如果说我们每个人都像树理一样，像彦林一样，像德发一样，像张期鹏一样，像李炳锋一样，会做出多少大事，这些人就是民族的脊梁。我们经常讲谁是民族的脊梁，我当然承认，也很向往，因为每个行业都有自己的脊梁。但是我们民族的脊梁，就我个人来说，我最钦佩的还是那些默默地为我们的文明积累在付出、在劳动，几十年如一日，永不后退、永不妥协、永远去做、永远向前走的那些人。

文章是一个字一个字填在格子里的，那不是简单的事情。写一篇好文章很难，写一篇人生的大文章更难。树理比我大几岁，人生的文章写得比我扎实、比我长，我要学习他。以后我到树理书屋里来，教学谈不上，来学习，来一起阅读，一起喝茶，一起和乡亲们谈书、谈文学。我觉得这种生活非常好，既快乐了自己，又有利于群体，何乐而不为？祝愿大家读到越来越多的好书，关心爱护这座书屋，到这里来聚会、来谈书。

办书屋，助力乡村教育

奚冬琪

每到周末，位于山东省商河县沙河镇棘城中街村的"树理书屋"都会热闹非凡。不过，这里的热闹并不是人声鼎沸的喧嚣，而是有孩子、青年和老人源源不断地走进这里——他们有的安静地坐在桌前看书，有的在书架前查找自己需要的书籍，还有的一边翻看一边在本子上记录着……三三两两、挨挨挤挤的人们让这座二层小楼充满了浓厚的学习氛围。

看着这样的场景，书屋主人，今年已经 72 岁的第十三届全国政协委员王树理眼中充满了欣慰与满足。

中街村是王树理的老家，他和几个兄弟姐妹生在这里、长在这里，这里的一草一木都承载着满满的乡愁。书屋所在的地方，过去是几间土坯房，也是王树理一家几辈人生活的地方。

"在村里建一座书屋，是我长久以来的想法。"王树理的父亲、母亲都不识字，但他们对学习文化却有着特别强烈的愿望。特别是他的老母亲，一辈子对书本、纸张特别珍视，即便在生活特别困难的时候，也没有放弃让他们兄妹四人上学读书。在父母的坚持下，他们兄妹四人都因读书而受益，特别是作为家里唯一的大学生，王树理也因此得以在县里、省里担任领导职务。

一家人因读书而改变命运的经历，让王树理很早就认识到知识的重要性。在20世纪90年代初担任山东省庆云县委书记期间，他不仅带领班子成员主动结对家庭困难学生，还改善教育条件，组织调研组了解当地学生辍学情况，让孩子们重返校园。"我离开庆云时，当地对教育的重视程度已大有好转。今年高考，这个县更是创造了德州市高考第一的佳绩。"王树理说。

多年的基层工作经历让王树理意识到，要想从根本上改变农村的教育环境，光靠一个人、做几件事还远远不够，必须在农村孩子的心里从小种下"要读书"的种子。而母亲在弥留之际，留下的"希望子孙后代一定要认真读书"的遗言，更是坚定了王树理在家乡办书屋的想法。

2021年，王树理开始筹划书屋的建造工作。他拆掉了原来的老宅，在原址重建一座古香古色的崭新二层小楼。一楼二楼设图书阅览室，目前有各类藏书3万余册，供村民和周边50公里之内的各界人士无偿阅读。另有多功能厅，可举办讲学、培训等活动。

今年4月12日，一个月前刚刚正式退休的王树理主持了书屋的开幕仪式。之后，每逢开放日，这里都有村里和附近的众多村民前来读书。王树理还邀请中国作家协会、山东省民委的专家学者，举办了多场关于读书和民族团结的讲座，深受大家欢迎。"下一步，还计划开展听书讲评、文体活动、医疗义诊、农业讲座等，让更多乡亲感受到知识的魅力，让乡村文化振兴真正落到实处。"说起书屋未来的规划，王树理滔滔不绝。

看到乡亲们喜欢书屋，王树理很开心，但同时也有些担忧和烦恼。他现在最头疼的问题就是书屋没有人管理。"愿意管理的人有，但真正懂管理的人没有。"王树理说，他和老伴今年都已年过古稀，每周为了开放书屋往返于济南和商河之间，时间长了身体确实吃不消。可把书屋交给"不懂书"的人，他又实在不放心。他希望书屋能有专业的图书管理人才管理，这样才能物尽其用，实现可持续发展。

王树理说，现在国家鼓励有条件、有能力的人回乡参与建设，各地政府部门要积极行动起来，强化政策引导，营造共同规划家乡、建设家乡、服务家乡的氛围，这样才能让想干事的人稳得住、有期待、有保障。

"虽然有困难，但我一定会坚持下去。就像'武训办学'一样，让读书的种子在农村生根发芽。"王树理坚信，如果能以自己的微薄之力助力乡村文化振兴，也算不辱使命。

"真没想到，在祖国南疆的民族地区，居然有如此亮眼的体育比赛项目。"无意中在电视上看到"村超"，让第十三届全国政协委员王树理感慨不已。

王树理说，足球运动带给人们的，绝不仅仅是赛场上的得分，更多的是提升了全体民众的民族自尊心、自信心和创造力。要为"村超"点赞！不仅在于它感动了很多人，更是因为它为我国小康社会做了最好的证明和诠释。而"我参与、我幸福、我快乐"的精神，也必将为社会各领域发展带来巨大的推动力。

王树理表示，体育是人民美好生活的重要组成部分，在体育工作中落实好以人民为中心的发展理念，就是要及时回应群众关切，把人民群众的满意度作为检验体育工作质量的根本标准。

（节选自《乡贤"归巢"乡村"焕新"》，源自于《人民政协报》2023年9月4日）